슬픔도 고독도 거뜬하기를.

2025.9
신안

추분

신민

위즈덤하우스

차례

추분 ·· 7
작가의 말 ·· 114
신민 작가 인터뷰 ·· 117

장갑을 벗다가 다음 해엔 배은조로부터 연하장이 오지 않을 거라는 생각이 들었다. 우리는 멀어진 것이다.

초겨울 한기는 젊고 매서웠다. 거센 바람이 머리통을 짤짤 흔들어댔다. 얼어붙기 시작한 손으로 증강 현실 게임 포켓몬GO를 켰다. 로딩을 기다리면서 외투 안으로 고개를 파묻었다. 뜨거운 입김이 콧속을 덥히자 소름이 끼쳤다. 핸드폰 액정에 트레이닝복을 입은 내 캐릭터와 파트너 포켓몬 죠가 나타났다.

죠는 고라파덕. 오리너구리 포켓몬인데 만성 두통을 앓고 있어 제 머리를 잡고 뒤뚱거리며 걸었다.

죠는 한때 내가 배은조를 부르던 말이었다.

혀끝이 아랫니 안쪽을 가볍게 쳐올리며 태어나는 이 소리는 말하는 자와 듣는 자에게 간지러운 기분을 주었다. 고등학생 때는 용건 없이도 자주 배은조를 불렀다. 죠, 죠, 죠. 언제부턴가 배은조도 응, 응, 대충 대답하는 데 익숙해졌다. 그런 식으로 배은조의 긴장을 거두어주는 게 좋았다. 목 끝까지 채운 단추를 하나둘 풀어주는 느낌이라고 할까.

배은조는 항상 두꺼운 외투를 입은 것처럼 보였다. 그 옷은 배은조의 끝없는 인내심으로 만들어졌는데 그 애 스스로 지어 입은 건 아니었다. 세상이 그 애에게 내어준 옷감이 그것뿐이었다. 배은조는 늘 말하기 좋아하는 사람들로 둘러싸여 있었지만, 그 불가해한 인기는 부러워할 만한 종류는 아니었다. 사람들은 배은조의 입을 궁금해하지 않았다. 그 애의 심장과 머리에 든 복잡한 세계에는 관심 없었다. 그들은 배은조의 귀를 원했다. 저마다의 슬픔과 고통을 집어 던질 만한 구덩이로서.

 나도 서글플 때 그 구덩이를 쓴 적 있다. 미술 학원에서 가장 오랜 시간을 보내는 사람은 나인데 실력이 늘지 않는다는 것, 하필 내가 수험생일 때 입시 제도의 흐름이 바뀌어서 억울하다는 것, 학원에 잘 나오지도 않고 놀기 바쁜 학생이 월말 평가에서는 좋은 점수를 받는다는 것, 더럽게 열심히 하는데 더럽게 못하니까 선생님들도 내게 쓴소리를 못한다는 것.

알지, 그게 더 비참한 거.

숨을 몰아쉬며 말했다. 한껏 징징거린 후 화장실에 다녀오다가 홀로 앉은 배은조를 보았다. 가슴이 내려앉는 줄 알았다. 배은조의 표정에는 동요도 피로도 없었다. 그저 모든 근육이 방전된 얼굴이었다.

그 뒤로는 결코 배은조를 그런 식으로 대한 적 없다.

청소년기는 부끄러웠다. 앞으로 나서지 않고, 말을 삼키고, 깨금발로 걸으면서 도리어 보풀처럼 거슬리는 존재감을 드러내던 때. 이런 행동이 평균을 따르기보다 더 민망한 결과를 만든다는 걸 알고 있었지만, 그래도 나는 어쩔 줄 몰랐다. 피구공을 던지거나 전체의 호흡에 맞춰 운동장을 뛰는 일들이 어려웠다. 가창 시험 때는 틀린 음정을 뱉을까 입을 다물었다. 부자연스러움은 주목받았다. 나를 두고 뒤에서 수군거리는 말들. 쟤 왜 저래. 그러게나 말이다. 나도 내가 왜 이러는지 알 수 없었다. 꼭 남의 몸과 이름을 빌려 쓰는 것만 같았다.

    매끈해지고 싶었다. 어색한 몸과 마음을 반죽처럼 공글리고 문질러서 모난 데 없이 부드럽게 만들 수 있다면 얼마나 좋을까. 그런 희망을 품은 채로 대학에 갔다. 지난 시절이 없던 듯 혹은 전혀 다르게 보낸 듯 활발하게 굴었다. 스물이란 떠들 일이 많은 나이였다. 뒤돌아본 세계도 정면으로 마주한 세계도 손에 잡힐 듯 가까워서 뭐든 말하지 않고는 배길 수 없을 때였다. 우리는 어려운 시기를 지나왔지. 작년 이맘때까지만 해도 우린 미성년이었어. 철창 안쪽에 갇혔지. 새끼 원숭이들은 안과 밖을 구분하는 창살에 매달리곤 하지. 저편을 궁금해하면서 말이야. 하지만 아직 때가 아니었어. 뛰쳐나갈 수 없으니 우리는 일제히 외부를 향한 관심을 접었어. 보지 않으려 애썼다고. 대신 눈 감고도 매달릴 수 있는 오래된 밧줄을 가지고 놀았어. 무심하게 팔을 걸치고 앞뒤로 대롱대롱. 그리고 지금 완전히 새로운 것들이 쳐들어오고 있어. 봐. 손 닿는 모든 곳에 술이 있잖아. 부글거리는 맥주 거품, 해가 뜰 때까지 멈추지 않는 EDM, 이제 막 성인이 되었다는 이유만으로 어른들이 턱턱 건네는 호의. 롱티, 마티니, 블루하와이와 피치크러시. 달콤하고 어지럽지. 세상이 우리를 부르고 있어. 부르다 못해 환영하고 있다고. 마치 애타게 기다린 것처럼, 어두웠던 10대를 보상해주려는 것처럼.

    그러면서도 캠퍼스에서 내 시선은 나와

다른 10대를 보냈을 것이 분명한 사람들에게 따라붙었다. 그들을 흉내 내려고 했다. 동기들에게 배은조를 소개한 것도 그런 일의 연장이었다. 말과 행동이 자연스러운 사람들은 우정도 매끄럽게 공유하니까.

다행히 배은조의 화술은 나보다 나았다. 그 무렵엔 배은조를 죠, 라고 부르기를 관뒀다. 나는 좀 거칠어 보이고 싶었다. 경계한 대상은 과거의 내 모습, 소극적이고 겁 많은 기질이었다. 그런 상황이니 사람들 앞에서 죠, 같이 귀여운 애칭을 꺼낼 수 있을 리 없었다. 비록 그 단어가 오래전에는 우리 둘 사이를 특별하게 만들어주었지만 말이다. 헌데 우리는 이미 그 시기를 지나오지 않았나. 취기가 오를 즈음 동기 한 명이 배은조에게 내 고등학생 시절을 물었다. 예상했지만 당황스러웠다. 나는 속으로 빌었다. 제발,

제발, 제발. 배은조는 거리낌 없이 대답했다. 쟤는 나기를 저래. 에너지 넘쳤지. 복도를 지날 때 마주치는 아이들과 모두 인사했어. 정말. 모두였다니까. 쟤가 어떻게 그 대학에 갔는지 몰라. 놀기야 잘 놀았지만, 솔직히 공부는 영 아니었거든.

    배은조의 능청스러움은 나를 놀래키다 못해 경이롭게까지 만들었다. 상상 속 인물에 관해 말하는 듯했고, 그 상상은 분명 내 것이었다. 배은조는 내가 어떻게 보이기를 원하는지 나보다 더 잘 알았다. 사실은 반대였다. 나는 성적이 좋았고 교우 관계는 엉망이었다. 예술고등학교에 진학하려 했으나 실기 점수 미달로 떨어졌다. 평판이 좋지 않은 인문계 예체능반에 들어갔다. 그 반 아이들은 문제가 많기로 유명해서 내신 점수를 따기 수월해 보였다. 대학은 턱걸이

입학이 아니었다. 3지망이었고 하향 지원했다. 아슬아슬한 실기 능력은 착실하게 성적으로 보완했다. 앞서 원서를 넣은 두 곳도 붙었는데 인문대와 복수 전공을 할 수 없는 학교들이라 가지 않았을 뿐이다. 그림을 그려서 먹고살 자신이 없었으니까.

나는 언제나 겉돌았다. 열여덟에 예체능반에서 배은조를 만나기 전엔 1년 내내 고정 지은 무리가 없었다. 소매 끝을 붙잡듯 늘 어딘가에 매달려 있었고 밀쳐지면 물러났다. 어떻게든 버티는 태도가 제일 멋없다고 생각했다. 가질 수 없는 건 애초 원하지 않았던 거라고 결론 내렸다. 그건 센 척이었다.

동기들은 배은조로부터 다른 이야기를 듣고 싶었을 것이다. 그 애들은 함께 어울려 다니면서도 나를 얕잡아 보았다. 그게 태가 났다. 내 과장된 말투와 행동, 쉼 없이 남의 눈치를 살피는 나약한 초식 동물의 습성을 알아챘다. 그들은 배은조가 이렇게 말하기를 원했을 것이다. 원래 되게 얌전했어. 지금 밝아진 거야. 다들 몰라볼걸. 배은조가 진실을 말했더라면 그들은 그럼 그렇지, 하는 표정으로 나를 한심하게 바라봤을 터.

❖

—신 주임님. 샘플 통관 내주 초까지 완료될까요?

거래처 담당자로부터 독촉 메시지가 왔다. 염려 마시라고 답을 보낸 뒤 산책로를 마저 걸었다. 업무 시간이 아닌데도 연락을 받는 일에는 익숙해졌다. 처음엔 짜증이 났지만, 요즘에야 아무래도 괜찮았다. 일과 휴식의

경계가 모호해지는 게 좋기도 했다.

집중할 대상이 없으면 몸이 붕 뜨는 기분이 들어 한동안 야근을 자처했다. 팀 내에서 불편한 분위기를 느낀 팀장이 주의를 주었다. 3개월 전, 예정에 없던 휴가계를 3일 치 쓴 뒤로 팀장은 나를 염려했다. 점심시간에 비상구 계단에 멍하니 앉은 내게 와서 직접 만든 샌드위치를 건네고 가거나 수면에 좋다는 온열 안대를 몰래 챙겨주는 식이었다. 신진 주임, 알아. 아는데. 자기를 몰아세우지 마. 외근도 줄여. 노는 사람 여럿인데 뭘 또 전부 자기가 간다고 그래. 그때 운전하는 거 보니까 아직 안 되겠더라. 당분간 차 놓고 다니고 웬만하면 많이 걸어봐.

포켓몬GO 게임을 추천한 사람도 팀장이었다. 딸아이가 하도 보채는 바람에 시작했는데 운동량이 많이 늘었다고, 머리

비우기에 딱 좋다고 했다. 조언에 따르는 시늉이나 하려던 게 일상이 되어버렸다. 요즘 퇴근 후와 주말에 매일 호수 공원을 두 바퀴 걸으며 포켓몬GO를 했다. 반 바퀴를 걸으면 4000보, 한 바퀴에 8000보, 두 바퀴는 1만 6000보. 대략 7킬로미터 정도 되겠다. 몬스터볼을 던지느라 걷다 멈추기를 반복했으니, 두 번 왕복하려면 세 시간 반에서 네 시간까지도 걸렸다. 집에 도착하면 지친 채 씻고 잠들기 일쑤여서 저녁을 걸렀다. 이전에는 몸에 꼭 맞던 바지들이 흘러내려서 벨트 안쪽에 구멍을 더 뚫었다. 그렇게 하루에 7킬로미터를 걸었고, 세 달간 10킬로그램이 빠졌다. 처음에는 먹을 자격이 없다고 생각했다. 중량이 줄어들수록 죄가 가벼워지는 기분이 들었다. 간편하고 효과적이었다. 뭘 하지 않는 것만으로 내게 벌을 줄 수 있었다.

매일 걷는 호수는 나란히 놓인 강낭콩 두 알처럼 생겼다. 산책로 중심엔 반대편 부지로 이어지는 짧은 터널이 있다. 공원의 구조를 아는 이들은 한 방향으로만 걸었다. 오늘 같은 주말에는 주로 외지인이 왔다. 그들은 내키는 방향으로 걷다가 서로를 피하느라 주춤거렸다.

이 근처엔 주로 물 포켓몬이 나타났다. 꼬부기, 별가사리, 발챙이, 콘치 등등. 가끔 고라파덕. 죠와 종은 같지만 내가 이름을 붙여 파트너로 임하지 않은 오리너구리들. 그러니까 그냥 데이터들. 시즌마다 조금씩 포켓몬 구성에 변화가 있으나 거기서 거기다. 정겹지만 약한 개체들은 발전 가능성이 떨어져 여럿 잡을 필요가 없었다.

생태 공원과 도시, 체육관과 호수 같은

여러 장소에서 다양한 포켓몬을 만나고, 그것들을 강화하거나 진화시키며 캐릭터를 육성하는 게 이 게임의 정석 루트다. 나는 그렇게는 하지 않았다. 언제나 같은 길을 걷고, 비슷한 포켓몬을 잡고, 한 계정에서 보유할 수 있는 개체 수가 일정량을 초과하면 그것들을 정리했다. 데이터를 삭제하는 셈인데, 이 게임에서는 그 기능을 '연구소로 보낸다'라고 표현했다. 포켓몬 도감이 꽉 차면 죠를 제외한 녀석들을 모두 연구소로 보냈다. 그것들이 내게 데이터 이상의 의미를 갖지 않도록 했다. 대대적으로 게임 점검이 있던 날, 포켓몬GO 커뮤니티에서 이런 게시글을 보았다. 개체값이 높지 않으나 애정으로 남겨두었던 포켓몬들이 오류 때문에 사라졌다는 한 유저의 한탄이었다. 누군가 댓글로 제 발로 연구소에 간 모양이니 효자가 아니냐고 썼다. 그 밑으로 몇몇 사람들이 웃으며 동의했다.

　아까부터 거슬렸던 아랫입술 각질을 이로 깨물어 뜯었다. 입술 주름을 따라 핏방울이 맺히는 게 느껴졌다. 주머니에서 마스크를 꺼내 귀에 걸었다. 따뜻한 침으로 입술을 핥자 비린 맛이 났다. 조금 더 걷다가 물가에서 콘치를 발견했다. 저거 잡자. 내 안의 목소리가 말했다. 그럴까. 검지로 액정을 비비듯 문지르며 몬스터볼을 던졌다. 손가락이 얼어서 조준이 어려웠다. 몬스터볼은 콘치가 있는 쪽까지 닿지 못하고 바닥으로 힘없이 톡, 떨어졌다. 볼을 네 개나 날리고 겨우 포획에 성공했다. 손끝에 구멍을 내거나, 액정을 터치할 수 있도록 특수 소재로 만든 장갑을 쓸 수도 있겠지만, 그런 걸 사용하면 한결 나을 테지만, 애초

이 겨울 호숫가에서 무의미하게 데이터를 모으고 지우는 일을 할 필요가 없지만, 어쨌든 나는 지금 이걸 하고 있다. 좋은 장갑을 쓰고 싶지 않았고 더 효율적인 육성법을 따르고 싶지 않았다. 아직 편안해지거나 즐거워지고 싶지 않았다. 언젠가는 그런 순간이 올 테고, 얌전히 받아들여야겠지만 지금은 아니었다.

    포만감이 떨어지면 파트너 포켓몬은 트레이너와의 동행을 멈추고 몬스터볼로 돌아갔다. 시스템의 자연스러운 규칙이었다. 그런데도 죠가 내 캐릭터와 나란히 걷지 않으면 어쩐지 불안해 자다가도 일어나 죠의 포만감을 채워주었다. 이번엔 포도와 바나나를 먹였다. 기분이 좋아진 죠는 고개를 양옆으로 흔들었다. 평소에 죠의 눈은 슬픈 듯 처졌고, 작고 검은 눈동자는 무슨 생각을 하는지 알 수 없었다. 두통이 심해지면 죠는 신비한 힘을 사용했다. 이 게임에서는 그걸 염동력이라 칭하고, 죠와 같은 능력의 포켓몬을 에스퍼 타입으로 분류했다. 찰나의 초월적인 힘으로 죠는 커다란 사물을 움직여 전투 중인 상대 포켓몬을 공격하면서 나를 지켰다.

    배은조는 왜 고라파덕을 좋아했을까?
    단순히 동글동글하고 귀여운 생김새 때문만은 아니라고 했다. 얘는 아프잖아. 아파서 이렇게 머리를 쥐고 걷는 거란 말이야. 애석하잖아.
    애석하다, 배은조는 잘도 그렇게 낯간지러운 표현을 썼지. 그 애에게는 그런 면이 있었다. 제 생각을 정확히 표현하기 위해서 사전의 모든 장을 공들여 헤집는 집요함이랄까. 남들에게 어떻게 보일지 신경 쓰지 않는 자의 고고함이랄까.

    대입 기념으로 가족들과 도쿄 여행을 간 적이 있다. 기념품 가게에서 고라파덕 인형을 사 배은조에게 선물했다. 손바닥만 한 크기였고 가방에 걸 수 있도록 머리에 작은 고리가 매달려 있었다. 그 인형은 원래 몸에 팔을 붙인 자세였는데 배은조가 쪽가위로 봉제선을 잘라 수선했다. 평소의 고라파덕처럼 팔을 머리 쪽으로 고정하려 했지만 인형의 팔이 너무 짧은 나머지 손을 겨우 턱에 괴는 꼴이 되고 말았다. 수선을 마친 인형은 누덕누덕 엉망이었고 삐죽한 시침질 자국도 잔뜩 생겼다. 배은조가 더는 입지 않는 노란 티셔츠를 잘라 빈 곳을 메꾼 바람에 색도 얼룩덜룩했다. 만족스럽다는 듯이 그걸 보여주는 배은조에게 나는 화를 냈다. 내가 준 건데 허락도 없이 함부로

선물을 대하는 행동이 미웠다. 그 뒤로
배은조는 나를 만날 때면 가방에 건 인형을
잠시 빼두었다. 그땐 내가 그렇게 어리석었다.
이해도 존중도 몰랐다. 더는 다른 사람들처럼
배은조에게 지저분한 감정을 쏟아내지
않았으니 내가 꽤 성숙한 사람이라고 믿었다.
틈틈이 양손으로 관자놀이를 누르며 두통을
버티고, 신분증처럼 타이레놀을 챙겨 다니던
배은조의 습관을 아주 나중에야 떠올렸다.

   49재를 마치고 절에 딸린 화로에서
배은조의 물건 몇 가지를 태웠다. 배은조의
엄마가 가져온 것들로 그 애가 자주 입던 옷,
모자, 가방이었다. 그 가방에 고라파덕 인형이
달려 있었다. 스무 살에 준 걸 스물여덟까지
잘도. 인형은 손때가 타서 후줄근했다.
배은조가 소조할 때 묻었을 진흙이
말라붙은 자국도 더러 보였다. 화로를 여는

스님에게 인형을 돌려달라고 말할 셈이었다. 고라파덕의 옆구리에 달린 택에 네임펜으로 쓴 빼뚤빼뚤한 글씨를 보곤 그만두었다. Jyo.

❖

아기 머리가 있네.

배은조가 건넨 첫마디. 학기 초 쉬는 시간에 또래와 어울리지 못하고 책상에 엎드려 자는 척하던 때였다. 앞자리에 앉은 배은조가 몸을 반쯤 돌려 내 이마 끝에 난 잔머리를 조심스럽게 만지며 다시 말했다.

잔디 인형 같다.

우리가 가까워진 뒤 배은조는 매일 크로키 과제를 하면서 나를 곧잘 그려주었는데 항상 잔머리를 강조해서 표현했다. 아기 머리, 잔디 인형, 더듬이.

부르는 말은 셋 중 하나였다. 내가 배은조를
토라지게 하거나 그 애 홀로 기분이 가라앉을
때는 이렇게 말했다. 아기 머리 만지게 해
줘. 내 몸의 일부가 화해와 위로로 쓰인다는
게 놀라웠다. 그럴 때는 가만히 이마를
들이밀고 배은조가 나를 쓰다듬게 놔두었다.
불가능하다는 걸 알면서도, 이 얇은 머리카락
한 올 한 올에 신경과 근육이 있다고
믿으면서, 최대한 그 애에게 가까이 닿기를
바라면서.

    열아홉 여름, 미술에 흥미를 잃었다.
친척 언니를 따라 처음 학원에 간 뒤로
6년간 그림을 그렸는데, 수험생이 되자
왜 미술 대학에 가야 하는지 모르겠다는
생각이 들었다. 그저 관성과 시간이 해낸 일
아니었을까. 학원비가 아깝기도 했다. 다른

과목의 성적은 괜찮았지만, 수학은 그만둔 지 오래여서 다시 공부할 엄두가 나지 않았다. 여전히 내신과 모의고사 점수를 신경 썼고, 미술 학원도 빠지지 않았지만, 내 마음은 다른 데 가 있었다.

 책을 읽기 시작했다. 《데미안》과 《이방인》, 《외딴방》과 《새의 선물》을 읽었다. 남의 삶을 은밀하게 훔쳐 살았다. 어떤 문장들은 100년도 전에 쓰였는데 내 마음을 정확히 옮겨다 적은 듯했다. 책 읽기의 가장 좋은 점은 꽉 채워진 종이를 만날 수 있다는 것. 내가 뭘 할 필요가 없었다. 상상하고 구성해서 만들지 않아도 그것들은 이미 완성되어 있었다. 오래전에 특별한 사람들이 근사한 방식으로 마쳐놓은 일이었다. 그래서 언젠가 배은조가 내게 진이는 글을 쓰게 될 것 같아, 말했을 때 대수롭지 않게 웃어넘겼다.

죠, 나는 뭘 만드는 사람이 아니야. 알잖아.

짧은 시를 외우기도 했다. 지루한 수업 중 내가 교과서 모서리에 외웠던 시구절을 끄적이는 걸 보고 배은조가 감탄했다. 기뻐서 점점 더 많은 시를 외웠다. 릴케와 랭보, 최승자와 허수경. 가끔 우리 둘만 있을 때 낭독도 했다.

지방 대학교에서 주최하는 실기 시험을 보려고 함께 수업에 빠진 날, 우리는 공주행 기차를 탔다. 배은조는 내게 떨리지 않느냐고 물었다.

아니. 어차피 매일 상 타던 애들이 타가는데 뭘.

대수롭지 않은 척했다. 사실 어떤 주제가 나올지 몰라서 무서웠고, 내 자리 근처에 실력 좋은 학생들이 앉을까 신경 쓰였다. 시험 내내 남의 그림을 쳐다보지 않을 자신이 없었다. 성과가 없는데도 계속 대회에 보내는 학원 선생님들이 원망스럽기만 했다. 세상이 내게 수치를 가르치려는 것 같았다. 이미 충분한데도.

열등감이라는 게 그랬다. 자꾸만 뭘 두고 온 기분이 들게 했다. 예술을 한다는 사람이라면 작은 씨앗일 때부터 마땅히 챙겨 나오는 무엇. 나는 그걸 잊고 태어난 게 아닐까. 대상의 형태를 파악하는 시선, 사물을 해체하여 재구성하는 감각, 빛과 어둠에 대한 상상력, 무엇보다 눈. 아름다움을 발견하는 눈. 질감의 차이, 묘사의 강약, 색감의 조화에서 탁월함을 알아채고 자기 것으로 끌어오도록 하는 눈. 내게는 그것이 없었다.

빈 켄트지가 주는 공포. 공식 없는 세계의 포악함. 내 그림은 무식하게 이고 지고 쌓아 올렸지만, 골조가 없어 아슬아슬한 것. 일반인

수준에서야 그럴싸해 보인대도 조금이라도 이 세계를 아는 자에게는 한참 못난 것. 근경, 중경, 원경에 놓인 대상이 어우러지지 못하고 어색하게 동떨어진 것. 신선한 감각도 세련된 기술도 없이, 투시가 엇나간 스케치에 멍청하게 물감을 얹고 또 얹은 것. 바통을 건네받지 못했으면서, 손이 빈 줄도 모르고 죽을힘을 다해 뛰는 선수. 보는 자에게 탄식을 불러일으키는 슬픈 성실함. 더 해야만 하는 이유가 뭘까? 나는 왜 제 발로 모욕의 의자에 앉을까?

    달리는 기차 안, 누군가 채갈 일도 없는데 배은조는 낡은 화구 박스를 품에 안고 있었다. 투명한 박스 내부에 오래된 장비들이 보였다. 전동 지우개와 깍지, 연필깎이에는 남의 이름이 적힌 스티커가 붙어 있었고, 그것들은 용도에 맞게 각 구역에 차곡차곡 정리되어 있었다. 배은조는 형편이 좋지 않았다. 조소 학원 원장의 배려로 강습료를 아주 조금만 내는 대신, 주말마다 중학생들에게 소묘를 지도했다. 주인을 잃고 나뒹구는 도구들은 모두 배은조의 몫이 되었고, 나머지 재료 값은 성인이 된 후 학원에 천천히 갚기로 했다. 발치에 놔둔 내 화구 박스에는 최신형 아크릴 물감, 다 사용하지도 못할 고급 붓들이 아무렇게나 놓여 있었다.

창밖을 보았다. 멀어지는 선로 쪽으로 화구 박스를 던지고 싶었다. 내게 그럴 용기가 없다는 걸 알았다. 좌표를 이탈할 담력, 조종간의 목을 부러뜨릴 기백, 손을 멈추는 필경사의 자세. 모든 게 부재한 채 심한 피로감만 느꼈다. 지루한 영화가 끝나기만을 기다리는 관객처럼.

더는 아무런 생각도 하고 싶지 않아서

배은조에게 전날 밤 외운 시를 읊어주었다.
허수경의 〈기차는 간다〉였다.

    기차는 지나가고 밤꽃은 지고
    밤꽃은 지고 꽃자리도 지네
    오, 오. 나보다 더 그리운 것도 가지만
    나는 남네 기차는 가네
    내 몸속에 들어온 너의 몸을 추억하거니
    그리운 것들은 그리운 것들끼리 몸이
먼저 닮아 있었구나

    가만히 듣던 배은조는 골똘해졌다.
    어려워.
    뭐가 어려운데?
    마지막 문장. 그리운 것들은 그리운
것들끼리 몸이 먼저 닮아 있었구나. 솔직히
그리운 게 뭔지도 잘 모르겠어. 아무튼

그들끼리 만났다고 쳐. 어떻게 몸이 먼저
닮았다는 거야? 처음 보는 사이잖아.

비슷한 사람끼리 서로 알아본 거지. 함께
시간을 보내면서 닮아간다는 게 아니야.
만나기 전부터 이미 닮아 있었다는 거야.
그리운 것이 뭐냐면…… 아 됐어. 깊이
생각하지 좀 마. 시는 그냥 느끼는 거야.
풀어야 할 지문도 아닌데 일일이 해석하는 게
촌스러운 거라고.

대충 얼버무리고 말았다. 사실 그때 나도
그 시를 완전히 이해하지 못했다. 어딘지
허무하고 허탈한 정서에 매력을 느꼈을 뿐.
내가 좋아했던 구절은 '나는 남네 기차는
가네'였다. 살아 숨 쉬기만 해도 세상과
유리된 기분을 느끼던 시기였으니까. 남겨진
기분. 바삐 떠나는 자들의 뒤통수만 바라보던
입장. 소음도 진동도 없이 적막한 세계에 홀로

놓인 그 기분만큼은 잘 알았다.

입을 다물고 생각에 잠긴 배은조가 내 팔꿈치를 만지작거렸다.

넌 터치가 잦아.

만져야 안다는 느낌이 든단 말이야.

나 점토 아닌데.

우리는 마주 보며 킬킬거렸다.

나중에, 유품 정리를 도우러 배은조의 방에 갔다가 책상 앞 벽면에 붙은 포스트잇을 보았다. 거기에 그 시가 적혀 있었다. 나는 성인이 된 뒤 금세 그걸 잊었으니 놀랍고도 반가웠다. 그 시의 무엇이 오래도록 배은조를 붙잡아두었는지는 알 수 없었다.

책상 앞에 서서 시를 묵독했다. 세 번째 연부터 배은조의 목소리가 따라붙었다. 우리의 목소리는 놀랍도록 닮아 있었다. 한 번도 헤어진 적 없던 것처럼. 처음부터 하나의 몸을 나누어 살아온 것처럼.

❖

염습 전, 주머니가 많이 달린 조끼를 입은 사내가 다가왔다.

배은조 아빠의 친구라고 했다. 사내는 내 손목의 머리끈을 가리켰다. 염할 때 머리끈이 필요하다고 했다. 배은조의 머리카락을 말끔하게 묶고, 온몸을 닦고, 예쁘게 화장품을 발라줄 거라고.

배은조의 가족들이 입관을 함께하자고 했다.

냉장고 안처럼 서늘하고, 내부의 소리가 서로 부딪치며 징징 울리던 곳. 그곳에 정말 배은조가 있었다. 향과 숯, 명정, 온갖 꽃에 뒤덮인 채 수의를 입은 배은조. 잠든 듯

편안한 표정. 다친 데가 없었다. 그게 나를
안심시켰다.

만져도 됩니다.

장례 지도사가 말했다.

손을 뻗어 배은조의 머리카락을 묶은
내 머리끈을 만졌다. 고무줄은 우둘우둘한
촉감이었다. 끈을 고정하는 은색 캡은
놀랍도록 차가웠다. 지금 너를 만지면 알 수
있을까. 전부 다. 네가 왜 여기에 누워 있는지.
곧바로 달려가지 못한 내가 밉지 않은지.
마지막으로 눈꺼풀을 닫던 순간, 무섭지는
않았는지.

묻고 싶었다. 그때 나를 기다렸어? 아니면
오지 않기를 바랐어?

언제나 그렇듯이 내게는 용기가 없었다.
손으로 직접 만지는 대신에 나는 내 친구를
불렀다.

죠.

배은조는 답하지 않았다.

관이 닫혔다.

영결식엔 모두 조용히 절했다.

낮과 밤이 흩어지고, 배은조가 바싹 태워졌다.

희고 부드러워져 돌아왔다.

화장터의 벽이 등을 잡아당겼다. 어떻게든 일어서라고, 알 수 없는 목소리가 명령했다. 일어나. 고개 들어. 눈 돌리지 마. 그러자, 모든 걸 느낄 수 있었다. 정말 모든 걸. 잠든 배은조에게서 떨어져 나온 의식이 내게로 와 달라붙었다. 우리는 하나가 되었다. 나는 죽음을 겪었다. 배은조는 두 번째 삶을 얻었다. 그 사실을 아는 사람은 우리밖에 없었다. 불붙은 살갗이 익어가고, 근육이 타고, 내장이 뭉근하게 녹아내리고, 마침내 대부분

공기 중으로 흩어졌다. 수골용 빗자루가 하얗게 남은 우리를 쓸어 담았다. 둥근 두개골이 척추 뼈와 부딪쳐 달그락거렸다. 3킬로그램. 우리는 더없이 가벼워졌다.

❖

걷는 내내 핸드폰을 쳐다보고 있어 몇 사람이 나를 비껴갔다.

무언가 빠른 속도로 내 팔을 툭 치고 지나갔다. 내 안에서 깜짝 놀란 듯한 비명이 들렸다. 나는 괜찮아, 쉬쉬, 말하며 그 목소리를 안심시켰다. 너는 곧잘 놀라. 자기는 남들을 불쑥 만져대면서.

팔을 치고 간 사람은 킥보드를 탄 어린이였다. 이곳은 킥보드 통행이 금지였다. 자전거나 개도 마찬가지였다. 킥보드 탄 어린이는 아랑곳하지 않고 발로 바닥을 차올렸다. 막 어스름해지는 참이어서 킥보드 바퀴에서 불빛이 요란하게 반짝거렸다. 어린이가 지난 길에 빛의 궤적이 남았다.

터널에 들어서니 물길이 좁아졌다. 호수는 이제 운하처럼 보였다. 마스크 안쪽에 습기가 차서 속눈썹이 젖었다. 앞이 흐렸다. 마스크를 벗어 외투 주머니에 넣었다. 유리 조각처럼 날 선 한기가 뺨을 긁어댔다. 익숙해져야 해. 앞으로 더 추워질 테니까. 내일도 모레도 걸어야 하니까.

터널의 공공 피아노 앞에는 대체로 누군가 앉아 있었다. 밤에 연주하는 일은 드물었지만, 어쨌거나 사람들은 거기에 앉기를 좋아했다. 음악의 잠재성이 있는 곳에. 하지만 나는 어떤 음악도 끝이 난다는 걸 알았다. 모든 것은 사라지게 마련이었다.

삶에 관한 탁월한 인식은 죽음 앞에서는
초라해졌다. 새로운 것은 새롭다고 인식되는
순간 낡기 시작했다. 등을 돌리자마자 조금
전에 만난 사람의 얼굴이 희미해졌다. 흥분은
거듭될수록 지루해졌고, 불꽃은 금세 매캐한
연기로 변했으며, 열린 문은 결국 닫혔다.
영원한 건 밤뿐이었다. 낮의 손님들은
한 사람도 빼놓지 않고 모두 밤으로부터
연행되었다. 나는 더는 잠재성에 관심
없었다. 준비된 것에게 아무런 기대도 하지
않았다. 그것이 세상으로 나오자마자 마주할
고통을 떠올리면, 마음이 몹시 초조해져서,
출발점을 문질러 닦아 없애고 싶었다. 거기
그대로 있어. 여기로 오면 결국 돌아가야
해. 아무것도 챙겨갈 수 없어. 다 두고 가야
한다고. 감당할 수 있겠어?

    나란히 앉은 남녀 한 쌍이 젓가락

행진곡을 연주했다. 여자는 양 검지를 세워 건반을 통통 두드리는 정도였다. 남자가 모든 손가락을 분주하게 움직이며 반주를 맞춰서 그럴싸하게 들렸다. 산책하던 사람들이 우뚝 서서 연주를 감상했다. 구경하는 인파 속에 킥보드를 타던 어린이도 보였다. 흥미가 가셨는지 킥보드는 바닥에 아무렇게나 놔둔 채였다.

    어린이의 엄마가 넘어진 킥보드를 끌어 피아노 옆에 세웠다. 다음 차례는 자기들이라는 암묵적인 표현 같았다. 어린이의 뺨은 생기 넘쳤다. 눈은 호기심으로 반짝였고, 작은 두 발은 언제라도 뛰쳐나갈 듯 달싹거렸다. 그러한 생동도 머지않아 끝날 거라는 생각이 들었다. 꽃이 지고, 나무가 꺾이고, 새가 추락하듯이 어린이도 불현듯 넘어질 것이다. 어느 밤이 어린이의 뒷덜미를 잡아챌지 아무도 모른다. 어린이의 엄마는 더더욱 모를 것이다.

어린이는 제 엄마에게 엉겨 붙어 얼굴을 비벼댔다.

나도 피아노.

응. 언니 오빠가 치잖아. 순서를 기다려.

모녀의 대화를 들었는지 건반을 두드리던 여자가 뒤돌아보았다. 여자는 팔꿈치로 옆에 앉은 남자의 옆구리를 쿡 찔러 비켜주자는 의사를 표했다. 남자는 어깨를 으쓱하더니 혼자 새로운 곡을 연주하기 시작했다. 그때 여자의 얼굴에서 민망함이 사라지고 이내 모든 신경이 끊긴 듯 멍한 표정이 나타났다. 나는 그걸 잘 알았다. 구덩이의 표정. 사람들이 배은조에게서 기어코 끌어내던 얼굴. 언젠가 나 역시 가담했던 일. 나중에, 나중에 미루다 사과하지 못한 기억. 그리고 송지희 때문에 배은조가 짓던 표정.

송지희. 배은조의 대학 동기이자 한동안 룸메이트였던 사이. 배은조의 구덩이를 제 것처럼 가져다 쓴 여자. 입이 무거운 배은조가 송지희 이야기는 몇 번이고 했으므로 나도 그녀를 알고 있었다. 좋은 언니야. 그런데 이상한 남자들만 만나. 진아. 내가 어쩌면 좋을까.

송지희 이야기는 들을 때마다 짜증이 났다. 사랑으로 자신을 해치는 여자들은 왜 주변을 보지 않을까. 그녀 자신의 불같은 열정이 주위를 말라붙게 한다는 걸 왜 모를까. 단순한 상황을 복잡하게 읽으려 드는 이유가 뭘까. 무관심과 거절을 있는 그대로 받아들이지 못하고, 열등감에서 비롯된 상대의 못난 집착을 자신을 향한 욕망으로 해석하고, 지저분한 감정은 가까운 구덩이에 내버리며 깨끗해져 떠난 뒤, 다시 다쳐서 돌아오는 여자들. 눈물보다 더 먼저 우는 여자들. 그런 사람들이야말로 배은조를 상하게 만든다고, 나는 그들과 다르다고 믿었다. 그래서 송지희 같은 인간은 친구도 아니니까 만나지 말라고 했다. 남들 응석을 전부 받아주지 말라고, 그들 스스로 나아질 기회를 빼앗지 말라고, 서로에게 옳은 일이 아니라고, 격분에 차서 떠들었다. 지나치게 타인을 책임질 필요가 없다는 뜻으로 한 말이었는데 배은조에게는 자신의 무능을 꼬집는 비난으로 들렸을지도 모르겠다. 그 후 배은조는 나 몰래 송지희를 만났다.

대학 졸업을 앞둔 마지막 방학, 배은조와 저녁을 먹기로 했다. 식당 근처 버스 정류장에서 내가 먼저 배은조를 발견했다. 배은조는 송지희와 정류장 벤치에 앉아 있었다. 송지희는 울분 어린 얼굴로 떠들고 있었는데 목소리가 들리지는 않았다.
배은조는 고개를 살짝 숙인 채 송지희의 손가락을 만지작거렸다. 그 모습을 보자 혀끝에 쓴맛이 맴돌았다. 만져야 내 것 같아. 닳아야 내 것 같아. 해질 만큼 해진 필통을 바꾸라고 핀잔을 주었을 때 배은조가 했던 대답을 떠올렸다.

 우리 기질이 그렇게나 달랐다. 대상과 닿기도 전에 겁을 먹는 나. 일단 만지고 시작하는 배은조. 나는 과거 경험에 기대어 상대방의 표정과 움직임을 관찰하고 상태를 추측했다. 나를 원하는 기미가 보이지 않으면 절대 다가가지 않았다. 배은조는 대상을 만지고 문질러서 직관으로 인식하고 자기 것으로 만들었다. 언제든 물러설 준비를 하는 나와 달리 배은조는 무엇에든 손때가 묻으면

버리질 못했다.

송지희가 버스에 탄 뒤 혼자 남은 배은조는 가방에 달린 고라파덕 인형을 빼서 앞주머니에 집어넣었다. 그때 뒤돌아선 배은조의 표정을 보았다. 수치심을 씹어 삼키고 드러냄을 포기한, 마모되어가는 자신을 내버려둔 표정. 완전한 방전.

❖

장례식 이튿날, 송지희가 왔다. 혼자였다. 그 잘난 남자 친구는 곁에 없었다.

송지희가 배은조를 떠나게 한 절대적인 원인이 아니라는 걸 알았다. 나로서는 헤아릴 수 없는 복잡한 이유가 있었겠지. 그것들은 실타래처럼 엉켜 무엇이 무엇에 영향을 주는지 알 수 없는 꼴이 되었다. 분명한 건

세상이 배은조를 함부로 대했다. 배은조는 구조를 원하지 않았다. 그 애 자신의 의지로 단독자가 되어서 덧문을 걸어 잠갔다. 배은조는 배은조를 놓아주었다. 자기 손으로 철저하게 해냈다.

    그런데도 장례식장에서 나는 송지희를 죽이고 싶었다. 순수한 악의가 들끓었다. 영정 앞에서 송지희는 짐승처럼 울었다. 끝없는 상실감을 온몸으로 표현했다. 악을 질렀고, 숨을 헐떡였고, 쥐어짜듯 눈물을 쏟았다. 결코 연기나 거짓이 아니었다. 송지희는 체면도 품위도 없이 고통을 다 내보임으로써 자신을 지켰다. 인질극을 벌이다가 수세에 몰린 사람이 자기 목에 칼을 들이밀며 행패 부리는 모습과 닮아 보였다. 송지희가 이미 자신을 벌하고 있으므로 아무도 책임을 묻지 못했다. 그녀에게서 자신은 이 상황을 수습할 수 없고,

그렇게 하지도 않을 거라는 맹렬한 의지가 돋보였다. 그녀 자신도 의식하지 못하는 새에 그랬다. 꺽꺽거리는 비명이 실내를 메웠다. 사람들은 그 광경에 압도당했다. 우리의 슬픔마저 빼앗긴 기분이 들었다.

어찌나 자신을 드러내고 드러냈는지 송지희는 거의 헐벗은 듯 보였다. 장례식장으로 가는 택시에서 송지희가 잘도 그곳에 온다면 걷어차고, 목을 밟고, 두 눈의 초점이 꺼질 때까지 얼굴을 내려칠 거라고 다짐했다. 타인에게 그런 감정을 가져본 건 처음이었다. 실제로는 송지희를 안았다. 그녀는 잠깐 머뭇거리더니 내 어깨에 얼굴을 묻고 모든 체중을 실었다. 그렇게 마저 울었다. 이렇게나 폭력적인 포옹을 배은조는 얼마나 많이 당했을까.

내 마음은 여전히 차가웠다. 송지희의

등을 가만히 쓸어주면서 이런 상상을 했다. 이 사람이 내게서 벗어나지 못하도록 허리를 꽉 말아 쥐고, 날카로운 칼로 단번에 가슴팍을 꿰뚫은 뒤, 오래오래 그녀의 안쪽을 헤집는 상상을. 정열에 취한 연인처럼 서로 달라붙어서 말이다. 그 상상에 얼마나 몰두했는지 내 손은 날붙이가 된 것 같았다. 싸늘하고, 뾰족하고, 대상을 단숨에 찌르기에 알맞은 것. 손가락 끝에서 요동치는 송지희를 느꼈다. 드러내고 드러내는 그녀의 장기들이 꺼떡거렸다. 그것들은 서로를 밀쳐내면서 내게서 도망치려 했다. 어림도 없지. 이 손이 그 모든 생명을 집요하게 추적했다. 송지희를 이루었던 조각들을 눈에 보이지 않고 무게도 느껴지지 않을 정도로 잘게 부쉈다. 남김없이 으깼다. 그 작은 부스러기들이 내 손에 철썩 달라붙어 나의 일부가 되도록 했다. 그러고는 주차장으로 가는 거지. 어둠 속에 가라앉아 몸을 숨기고 둔기를 구한다. 뭐든 상관없어. 경비원이 앉던 오래된 철제 의자여도 좋아. 누구라도 가장 먼저 이곳에 오는 사람의 머리를 내려치고, 차 키를 빼앗아 자리를 뜰 셈이었다. 발각되기 전에, 이 세계의 한심한 법이 내 신성한 처벌을 방해하기 전에, 멀리 갈 것이다. 아주 멀리. 바다가 좋겠지. 육지는 시시하고 형편없어. 고통의 땅에 나는 더는 아무런 관심이 없어. 물살이 자꾸만 나를 삶이 있는 쪽으로 밀어내도 집요하게 파고들겠어. 가장 깊고 철렁한 곳으로 들어가 나를 씻어내겠어. 말쑥해져서, 다시, 배은조를 만나러 가겠어.

    그 상상이 얼마나 정확하고 신속하게 이루어졌는지 모른다. 실제로는 아무 일 없었는데도 이미 그걸 다 겪은 것처럼 쾌적한 기분이 들었다. 그래서 송지희의 등을 얼마간 더 쓰다듬어줄 수 있었다. 포옹이 끝난 뒤 송지희는 말없이 자리를 떴다. 그녀는 내 이름을 묻지도 않았다.

얼마 뒤 배은조의 엄마가 다가와 나를 안았다. 품 안에서 배은조와 똑같은 냄새가 났다. 편안하고 포근한 섬유유연제 향. 수천 개의 꽃잎으로 만든 듯한 베개 냄새. 내 안을 가득 메웠던 살의가 순식간에 사라졌다. 미움과 원망은 수명이 터무니없이 짧았다. 금방 송지희를 안으면서 그토록 지독한 상상을 했다는 게 믿기지 않았다. 배은조 엄마의 손을 끌어와 얼굴을 묻었다. 은조의 손 냄새가 나지는 않았다.

❖

    곧바로 피아노를 차지할 기미가 보이지 않자, 모녀는 가까운 벤치에 앉았다. 어린이는 다리를 흔들며 주문 같은 말을 외쳤다.
    퉁퉁퉁퉁퉁퉁퉁퉁퉁 사후루!
    어린이의 엄마가 종이 쇼핑백에서 포일 덩어리와 나무젓가락을 꺼냈다. 포일을 벗기자 반질거리는 김밥 한 줄이 나타났다. 모녀는 김밥을 한 알씩 물었다. 어린이는 그걸 씹으면서 피아노 치는 시늉을 했다. 작디작은 열 개의 손가락이 규칙 없이 흔들렸다. 어린이는 눈을 감고 허공의 연주를 이어갔다. 우리는 한 몸 안에서 연주를 감상했다. 무슨 곡일까. 내 안의 목소리가 물었다. 취한 듯 늘어진 말투였다. 라흐마니노프. 내가 답했다. 연주를 마친 어린이가 벌떡 일어나 움직였다.

킥보드 앞에 쭈그려 앉아 손으로 바퀴를 도로로 굴리며 웃었다. 김밥 때문에 양 볼이 불룩했다.

멍하니 서서 피아노 치는 남자의 손을 바라보았다. 눌린 건반이 제자리로 돌아올 때 손등의 뼈도 두드러졌다가 가라앉았다. 손톱은 짧고 거스러미 없이 단정했다. 어린이에게 양보하지 않는 모습을 보았기 때문인지 그의 길고 곧은 손가락이 아름답기보단 얍삽해 보였다. 함께 피아노 의자에 앉은 여자는 창피를 견디듯 미동도 하지 않았다. 그때 컥컥거리는 소리가 들렸다. 어린이가 허리를 구부린 채 목덜미를 그러쥐고 있었다. 김밥이 목에 걸린 모양이었다. 놀라서 어린이의 엄마가 앉았던 벤치를 바라보았는데 아무도 없었.

내 안에서 다시, 배은조의 목소리가

들렸다. 가. 가서 도와줘.

어린이에게 다가가서 등을 두드렸다. 어린이는 축축한 눈으로 잠깐 나를 올려다보았다. 이내 토실한 뺨이 부풀었다. 나도 모르게 양 손바닥을 내밀었다. 거기로 토사물이 쏟아졌다. 미처 씹지 못한 밥알, 흐물흐물해진 김, 길게 늘어진 시금치와 단무지 조각들이 보였다. 손가락 사이로 위액이 걸쭉하게 늘어졌다. 시큼한 냄새. 당황한 어린이는 뒷걸음질 쳤다. 사람들의 시선이 느껴졌다. 혀를 차는 소리도 들렸다.

자리를 비웠던 어린이의 엄마가 달려왔다. 여자는 토사물 쪽으로 손을 뻗었다가 바로 거뒀다. 제 아이가 뱉은 거라도 만지기는 싫은 모양이었다. 혹은 그것이 지금은 내 손에 올려져 있으니 더는 아이의 일부였던 게 아닌, 지저분한 무엇으로 인식하는지도 몰랐다.

여자는 김밥을 넣어두었던 종이 쇼핑백을 비워서 내밀었다. 털어버리라는 뜻 같았다. 한기 때문인지 난처한 상황 때문인지 여자의 얼굴이 붉게 달아올랐다. 얼른 수습하고 시선이 없는 쪽으로 가고 싶은 듯했다. 빈 쇼핑백 안에 식은 토사물을 쏟았다. 움직임이 거세면 여자는 내가 언짢아한다고 생각할 테고, 더 곤란해할 것 같아 조심조심 털었다. 손바닥 곳곳에 침 자국이 남았다. 여자는 계속 죄송하다고 말했다. 괜찮다고 답하고 싶었고, 정말로 괜찮았는데 입이 떨어지지는 않았다.

    그러고 보면 지난 3개월간 계속 그랬다.

    내게도 괜찮은 순간이 있었으며 그럴 때는 입 밖으로 표현하고도 싶었는데 어째 말이 나오질 않았다. 그게 주변 사람들을 무섭게 한 모양으로, 괜한 걱정을 끼쳤다. 엄마는 밤마다 내 오피스텔에 들렀다. 이미 깨끗한 인덕션을 닦거나 화장실을 청소하는 등 오래 머무를 구실을 찾았다. 다른 친구들도 마찬가지였다. 어느 날은 핸드폰 배터리를 충전하는 걸 잊고 잠들었는데 밤중에 전원이 꺼졌다. 아침마다 무사함을 확인하듯 내게 전화를 걸던 친구가 우리 동네의 부동산마다 전화를 돌려 오피스텔 관리실 번호를 알아냈다. 그 친구는 관리실에 내 집으로 인터폰을 연결해달라고, 문도 두드려줄 수 있겠느냐고 부탁했다. 어떤 사정을 어디까지 설명했기에 거기서 그 요구를 들어주었는지는 모르겠지만, 인터폰 알람에 깨어나긴 했다. 회사에는 전에 없을 정도로 늦었는데 혼나지 않았다. 팀장은 내 어깨를 가볍게 두드리며 물었다. 신 주임, 정말 아무 일 없는 거 맞아? 나는 얌전히 끄덕였다.

    매일 밤 내가 받은 호의들을 헤아렸다.

사람을 돕는 사람의 마음에 대해서. 선량한 행동에도 의도가 있겠지. 더 나은 위치를 점한다는 우월감, 과거를 향한 속죄, 자신을 좋은 사람이라고 여기면서 얻는 허영심. 그런데 그것들이 얼마나 사사로운지. 그것들이 해내는 일에 비하면 의도라는 건 얼마나 하찮은지. 상냥한 목소리, 부드러운 손길, 걱정 어린 눈빛이 내가 아닌 배은조에게 주어졌더라면 어땠을까.

    그런 생각이 얼마나 못났는지 알면서도 나는 점점 나아지고 있었다. 배은조를 떠나보낸 직후에는 넋이 나간 채 살았다. 사람들의 표정을 읽지 못했고 말도 들리지 않았다. 풍경은 전부 실패에 젖어 있었다. 가로등은 낙심한 듯 고개를 숙였고 정체된 도로에 갇힌 차들은 경적 울리기를 포기했으며 오가는 행인들에게

수없이 짓밟힌 은행잎들은 색깔이 없었다. 어둠 앞에서 빛은 언제나 속수무책이었다. 시시때때로 영혼이 몸을 벗어나는 듯했고 현실 감각이 멀게만 느껴졌다. 좋음과 싫음의 구분이 사라졌다. 반가움이 없으므로 아쉬움도 없었다. 문득 공허가 끝났다. 이제 나는 원하는 대로 몸을 움직였다. 속절없이 휘청거리던 마음을 더는 겉으로 드러내지 않았다. 동요는 가라앉았으며 몸을 베는 듯 위협적인 고통은 그 기세가 수그러들었다. 가끔 그립고도 진득한 허기가 졌다. 웃기도 잘 웃었다. 무언가를 놓치는 바람에 계속해서 찾아 헤매는 꿈도 요즘은 꾸지 않았다. 예고 없는 눈물은 생리적인 영역으로 받아들였다. 기침하듯 짧게 울었다. 감상에 빠질 틈이 없을 정도로 짧게 말이다.

    여전히 배은조를 생각했다.

나비와 벌, 나긋하게 떨어지는 나뭇잎을 보고 그 애를 떠올렸다. 그래도 배은조는 내가 원하는 방식으로 존재할 수 없었다. 배은조는 가끔 내 안에서 속삭였다. 함께 길을 걷다가 독특한 상호의 간판을 보거나, 저녁 하늘에 새로운 길을 내듯이 새 떼가 한 줄로 줄지어 날아갈 때, 내게 이것 봐, 저것 봐, 말하는 식이었다. 넋이 나갔던 시기에 내가 무심코 도로 끝으로 바짝 붙어 걷거나 회사 옥상에서 멍하니 밑을 구경할 때도 목소리는 끼어들었다. 하지 마.

그런데 내가 정말 그 애를 필요로 할 때 배은조는 조용했다. 다그치는 말이라도 듣고 싶어서 부러 위악을 부리는 순간에는 아무 말도 해주지 않았다. 그래서 불안했다. 온몸을 터뜨릴 것처럼 안쪽에서부터 갑작스럽게 팽창하는 그 불안만큼은 사라지지 않았다.

아직 모자랐다. 어느 것 하나 충분하지 않았다.

아이의 토를 받아냈던 손바닥을 가만히 쳐다보았다.

엄청 뜨거웠지. 그렇게 뜨거운 걸 그 작은 몸 안에 품고 있던 거야.

❖

아빠가 집을 태우려 했어.

스물여섯, 늦가을 밤에 전화를 걸어온 배은조가 말했다.

내가 그리로 갈게.

막 운전면허를 따서 연수를 받던 참이었다. 동승자 없이 하물며 밤에 혼자 차를 끌어본 적은 없었다. 그래도 가야만 했다. 북부간선도로를 타고, 순환 고속도로를 달리고, 강동대교를 넘었다. 몇 번이나 길을 잘못 드는 바람에 한 시간 정도 늦었다. 초보가 운전 중에 전화를 받을 리 없으니, 배은조는 집 앞 교차로에 가만히 서서 나를 기다렸다. 배은조를 발견하고 차를 세웠을 때 등이 땀에 절어 있었다. 조수석 창문을 내렸다. 배은조가 내 꼴을 보고 웃었다. 시트를 바짝 세워 핸들 가까이 붙여두었는데, 그 사이에 낀 내가 우스운 모양이었다.

드라이브하자.

한적한 시민 공원 쪽으로 달렸다. 배은조가 내게 알려주었던 음악을 틀었다. 이상은의 〈삶은 여행〉.

텅 빈 주차장에 차를 세웠다. 우리는 키득거리며 공원을 걸었다.

아치형 다리를 비추며 알알이 빛나는 전구들을 보았다. 창살처럼 길고 뾰족한 빛

그림자들이 촘촘하게 검은 물살을 찔러댔다. 코스모스 단지는 이미 꽃을 베어냈는지 황량했다. 자정을 훨씬 넘긴 시간이어서 인적도 없었다. 우리만 남겨두고 모두 어디론가 떠난 듯했다. 그런데 그 기분이 좋았다. 누군가 나타나면 물속으로 등을 떠밀어야지, 불온한 충동이 들 정도로 공원의 모든 게 우리 것 같았다. 내가 개였다면 여기저기에 흔적을 남겼을 것이다. 내내 걸으면서 왕밤빵, 토마토 놀이를 했는데 계속 진 배은조가 씩씩거렸다. 간이 선착장에 선 작은 배의 쓸모를 맞히려고 한참 입씨름했다. 빈 인라인스케이트장에서 맥없이 뱅글뱅글 돌았다. 고등학생 때로 돌아간 것 같네. 그러게. 우리 맨날 이렇게 걸었지. 회전초밥처럼.

    자전거 도로에 등을 대고 나란히 누웠다.

가로등 불빛으로 하루살이들이 날아들었다. 고개를 돌렸다. 오돌토돌한 아스팔트 바닥이 왼뺨에 닿았다. 지면에 밤이슬이 묻어 축축했다. 가로등 아래, 하루살이 사체 더미에서 투명한 날개들이 반짝거렸다.

그 애가 원할 때 말하기를 기다렸다.

아빠가 엄마를 불렀어. 평소처럼 진득하게 취해 있었지. 엄마는 컴퓨터 앞에 앉아 뒤돌아보지 않았어. 어린이집에 곧 감사가 있어서 무슨 문서를 만들고 있었다나. 아빠가 계속 엄마를 부르는 소리가 들렸어. 처음엔 은조 엄마. 여보. 그다음엔 엄마 이름. 마지막엔 야. 야를 계속하는 거야. 언성은 높아지고. 항상 있던 일. 듣기 싫어서 나도 방문을 닫으려 했어. 그때 엄마가 비명을 질렀어. 날 부르는 거야. 은조, 은조, 은조 나와 봐. 얼른. 아빠가 자기 옷에 불을 붙였어.

내가 얼른 수건을 적셔 왔어. 불꽃이 붙은 티셔츠 앞면을 수건으로 내리쳤어. 아빠가 비틀거리면서 벽에 등을 기댔어. 엄마가 소화기를 가져왔는데 손이 떨려서 밸브를 못 열더라. 다행히 불이 꺼졌어. 그런데도 손이 멈추지 않는 거야. 아빠를 때릴 수 있다니. 계속 팔을 휘두르는데 하나도 아프지가 않았어. 신기하지. 철퍽철퍽. 젖은 수건 휘두르는 감각. 그거 이상하다. 점토 칠 때랑 달라. 리듬도 없고, 강약도 없고, 내려치고 들어올리기 전에 수건이 아빠 몸에 휘감기는 느낌만 있어. 그런데 영 시원하지가 않아. 꿈에서 뭔가를 때릴 때처럼 말이야. 아빠는 가만히 맞고 있더라. 아빠 얼굴이 시뻘겋게 부어올랐어. 눈을 감더라고. 그러니까 씨발. 욕이 막 나오는 거야. 감히. 이렇게 끝내려고 해? 조금 맞았다고 없던 일로 만들려고 해?

나는 더 할 수 있었어. 진. 신진. 있잖아. 들어봐. 나는 더 할 수 있었다고. 그때 엄마가 내 팔을 잡더라. 그러고는 말하는 거야. 아파. 아파. 은조야. 아빠 아파. 이상하지 않아? 맞는 건 아빠인데 왜 엄마가 아파하지? 우리 다 죽을 뻔했는데 왜 엄마만 울고 있지?

 어두운 강에서는 아무런 소리도 들리지 않았다. 자전거를 탄 재수 없는 사람이 우리를 밟고 지나갈지도 모른다고 생각했다. 야간 매점 쪽에서 날벌레가 포충기에 걸려들어 타닥거리는 소리가 들려오며 정적이 깨졌다. 배은조는 배 위에 두 손을 포개어놓고 밤하늘을 바라보았다. 그 표정을 자세히 볼 자신이 없었다. 시선을 내리자 퉁퉁 부은 배은조의 손이 보였다. 나는 아무런 말도 하지 못했다. 누운 자세 그대로 밧줄에 칭칭 묶인 것처럼 가만히 굳어버렸다. 그런 내가 한심해서 눈물이 비질비질 나왔다. 내가 연신 콧물을 삼키자 배은조가 큭큭, 하고 작게 웃었다.

아기 머리 만져도 돼?

나는 힘차게 고개를 끄덕였다.

성난 바람이 터널을 통과했다. 사람들은 잠시 멈춰 볼링 핀처럼 휘청거렸다.

겨울은 단 한 번도 그 자신의 자리에서 비켜난 적 없다는 듯 모질고 사나운 주인 행세를 했다. 겨울은 망각이었고 정지였다. 모든 것을 남김없이 얼리고 깨뜨린 다음에야 슬쩍 물러났으며, 온화한 계절이 애써 땅을 덥히면 다시 나타나 반짇고리를 열었다. 거기에서 가장 뾰족한 바늘을 꺼내 모든 생명을 가장자리에서부터 쪼개어 부쉈다.

　폐를 가진 생명들이 동시에 얼어붙는 상상을 했다. 모두 호흡을 쉬는 거야. 누구도 앞서 나가거나 뒤떨어지지 않고서 말이지.

　화장실에 들어가 차가운 물로 손을 씻었다. 비누 거품을 내 꼼꼼히 문질러 닦았는데도 괜히 코끝에 신 냄새가 맴도는 것 같았다. 문득 빼앗겼다는 기분이 들었다. 언젠가 늙고 지쳐서 주변을 괴롭히고야 말 때 나는 혼자 조용히 떠나고 싶었다. 오로지 내 선택으로. 세련되게, 그리고 경건하게. 버둥거려봤자 본전일 뿐인 삶을 스스로 반듯하게 접기. 그런데 배은조가 가고 나니까 그 기회를 완전히 빼앗긴 것만 같았다. 일생에 단 한 번 주어지는 특별한 기회를.

　터널 밖으로 나왔다. 산책로 위쪽에서 부산한 소리가 들려 올라가보았다. 야외 무대에서 공연을 준비하는 사람들이 분주히 움직이는 중이었다. 앳된 얼굴들. 대학생 정도나 되었을까. 리더는 보컬인 모양이었다. 그는 어깨에 스트랩을 걸고 기타를 멨다. 손짓으로 베이스와 다른 기타맨의 자리를 잡아주었다. 보컬은 언짢은 듯 뻐기는 표정으로 스탠딩 마이크를 만지작거렸다. 아직 관객이 모이지 않았다. 사람들은 잠깐 멈춰서 팔짱을 끼고 지켜보다가 다시 가던 길을 갔다.

    가까운 나무 벤치에 앉았다. 뻣뻣한 손가락을 몇 차례 구부리고 펴보았다. 피부는 단단하게 얼어붙었는데도 계속 안쪽이 뜨거웠다. 양 손바닥 밑에 두 개의 심장을 매단 것 같았다. 다 타버렸고 날아갔는데도 깊은 곳에서 형상 없이 열을 뿜어내고 쿵쿵거리는 것들의 정체를 알 수 없었다.

싸구려 앰프에서 악기 소리가 들려왔다. 공연 준비를 마친 보컬은 불편해 보이던 표정을 금세 지웠다. 그는 능청스럽게 호객을 시작했다. 지나가는 사람들이 입은 옷의 색깔을 외치며 발을 멈춰 세웠다. 그렇게 열 사람 가까이 모였다. 늙은 몰티즈를 안은 아주머니가 개의 등을 가볍게 통통 두드렸다. 보컬이 밴드를 소개했다. 인근 대학의 동아리라고 하는데 개중 음악 전공자가 없기야 하지만 괜찮다고 말했다.

저희는 진심이거든요. 음악에 진심.

그렇게 말하는 표정이 너무 진지해서 헛웃음이 나왔다. 몇몇 사람들이 박수를 보냈다.

쿵쿵거리는 드럼 소리와 함께 공연이 시작되었다. 여유 없고 어수룩한 베이스. 비슷한 상황의 기타맨은 악보에만 시선을 두었다. 간신히 반주를 맞추는 듯했다. 곧, 속절없이 웃음이 터졌다. 보컬이 끔찍했다. 그는 연인을 쓰다듬듯 두 손으로 부드럽게 마이크를 감싸 쥐었다. 느끼하고 지긋한 분위기에 반해 음정이 영 맞질 않았다. 콧소리가 너무 심해서 가사도 전달이 안 되었다. 늙은 몰티즈가 무대에 대고 짖자 더는 참지 못한 관객들이 웃어댔다. 그때부터는 드럼도 웃으면서 될 대로 되라는 듯이 눈을 질끈 감고 힘차게 스틱을 휘둘렀다. 은조, 배은조. 저거 들려? 장난 아니지. 내가 물었다. 내 안의 목소리는 답하지 않았다. 그래, 그러던가. 퍽 서글퍼졌다.

낯간지러운 가사를 노래할 때 보컬의 감정은 더없이 농밀해졌는데 실력이 따라오질 않았다. 홀로 고요한 사막에 선 듯 그는 내내 결연했다. 피치에 다다를 땐 목소리가 여러 개로 갈라졌다. 왼발로 바닥을 두드리고 있었지만 엇박자였다. 리듬 악기보다 한 박 느리게 노래했다. 이렇게나 엉망이라니. 그런데도 민망해하지 않는다니. 어쩐지 코끝이 매웠다. 그가 부러웠다. 부끄러움을 내보임으로써 망신으로부터 자유로워지는 태도. 근사했다. 내게도 그런 태도가 있었다면 전혀 다르게 살 수 있지 않았을까. 계속 그림을 그리면서 배은조와 작업에 관한 고민을 나누고, 괴로운 시기엔 서로를 살피며 지켜주었을지도 모르겠다. 우리 사이에 그런 연결이 있었다면. 어떤 충격에도 닳거나 끊기지 않는 실로 이어져 있었다면. 너는 덜 외로웠을까.

    보컬이 말했던 진심에 대해서 생각했다. 배은조뿐 아니라, 내게도 그것이 있지 않았을까 하고 처음으로 떠올렸다. 나는 내가 열중하는 모습을 본 적 없다. 누구라도 마찬가지였을 것이다. 연신 남의 그림을 흘깃거리면서도 시험 종료 알람이 울리기 전까지 붓을 꽉 쥐고 있던 것. 얼얼해진 손바닥을 내려다볼 때의 전율. 머릿속이 하얗게 세는, 나른한 탈력. 텅 빈 켄트지를 기어코 채워나가던 오기. 사소한 칭찬에도 몸이 달아 잠을 설치던 밤들. 결과에 주눅 들면서도 안쪽 깊은 곳에서 끓어오르던, 어떻게든 이다음엔 만회하고 싶다는 마음. 그 고집스러움이 진심이 아닐 리 없다는 생각이 들었다. 나도 레이스에 참가했다. 앞서가는 자들의 등을 바라볼 수 있었던 건 내가 거기 있었기 때문이다. 주역이 아니더라도, 우승자의 영광을 누린 적 없어도, 트로피를 받지 못했다고 해도 내가 달렸다는 사실은 변함없다.

쿵쿵거리던 손바닥이 조용해졌다. 안쪽의 열기가 식어갔다. 왼손으로 이마 끝의 잔머리를 만졌다. 아무런 느낌도 없었다. 손바닥을 마주 비비고 입김을 불며 냉기를 녹였다. 손끝 감각에 집중하자 이번에는 가느다랗고 보송보송한 잔머리가 만져졌다. 손가락은 금세 얼어붙어 다시 낯설어졌는데, 그때부터는 누군가 대신해서 나를 만져주는 느낌이 들었다. 이마가 간지러웠다.

포켓몬GO의 AR모드를 켰다. 그래픽 화면이 사라지고 후면 카메라가 무대를 비췄다. 현실에 나타난 죠를 진지한 보컬 옆에 두었다. 영문을 모르겠다는 듯 죠는 고개를 갸웃거리며 거기 서 있었다. 사진을 찍었다.

애석하다는 건 이런 거구나.

슬프고 불쌍하기만 한 게 아니야. 어딘가 귀엽고 사랑스러워.

공연을 더 보고 싶지 않았다. 내가 나아질 것 같았다. 그건 자연스럽지가 않았다. 느려지고 싶었고, 머무르고 싶었다. 상심도 고통도 죄책감도 모두 끌어안고 싶었다. 아직은 아무것도 놓아주고 싶지 않았다. 다시 계단을 내려와 산책로로 돌아왔다.

❖

무엇을 만들고 싶은 적 없었다. 그 일은 한 번도 나를 흥분시킨 적 없다고 믿었다. 내 안에는 뜨거운 돌이 없다고 생각했다. 배은조에게는 그게 있었다. 이미 손에 쥐고 나온 것이다. 나처럼 초조하게 안쪽을 뒤적거릴 필요 없이.

어쨌거나 나는 작가가 될 거야. 어떻게든. 고등학생 시절에 배은조는 그렇게 말하곤

했다. 틈날 때마다 휴대용 나무 이젤을 꺼내 소묘를 연습했고, 함께 전철을 탈 때면 건너편에 앉은 사람들을 관찰하며 작은 수첩에 끊임없이 크로키를 했다. 배은조는 나보다 더 어릴 때부터 그림을 그렸다. 말로 설명하기보단 연필을 끄적여 그려내는 게 더 빨랐다고 했다. 중학생 때부터는 점토 만지는 일에 빠져서 그길로 조소과를 희망했다.

예체능반 커리큘럼에는 자율적으로 각자 실기 시험을 준비하는 시간이 있었다. 내가 켄트지에 스케치하는 동안, 배은조는 점토를 주무르느라 바빴다. 옆에서 잿빛 찰흙 덩어리를 두드릴 때 둔탁한 악기를 내려치는 소리가 났다. 쿵, 퍽, 철퍽. 기분 좋아지는 묵직한 리듬. 점토 특유의 기름 냄새가 퍼지면 슬쩍 멀미가 나기도 했는데 배은조는 아무렇지 않아 보였다. 그 애는 완전히 열중해서, 자기만의 세계에 빠져서, 차갑고 미끈거리는 점토를 주무르고 또 주물렀다.

그 순간, 배은조는 인내심으로 지어 만든 두꺼운 외투를 벗었다. 구덩이도 닫혔다. 점토를 만지는 동안 배은조는 천진한 표정을 지었다. 그것은 내가 기대했던 예술가의 얼굴이 아니었다. 거기엔 날카로움도 진지함도 없었다. 그 반대였다. 새로운 장난감을 탐색하는 아이같이 눈에는 기대와 흥분이 가득했고, 몹시 집중한 나머지 앞니가 보일 정도로 입술이 살짝 벌어져 있었으며, 어린 개처럼 코끝을 자꾸 찡긋거렸다. 평소처럼 성숙하고 차분한 태도가 아니었다. 소조를 할 때 배은조는 관자놀이를 만지지도 않았다. 그 세계에는 통증도 끼어들 자리가 없었다.

배은조의 손은 기름기로 번들거렸다.

그 손에서 태어나는 것들. 눈과 코, 입과 귀, 주름과 근육들, 근사한 조각들. 배은조의 팔은 상완과 하완의 근육이 알맞게 잡혀 강인해 보였다. 조각이 부드러워질수록 조각가는 단단해졌다. 광기에 가까운 열정. 불길 속에 놓인 차가운 몸. 아름다움을 아는 눈. 얼른 그것을 만나고 싶어서 서두르는 손. 조준점을 향해 정확한 궤도로 나아가는 탄환. 바람을 뚫는 열렬한 마음. 서로가 아닌 모든 것을 초라하게 만드는 힘. 그런 사랑 앞에서는 감히 질투도 나지 않았다.

대학 졸업 후 내가 무역 실무 자격증을 따서 전공과 관련 없는 회사에서 일하는 동안에도 배은조는 계속 점토를 만졌다. 운 좋게 지자체 공공미술 프로젝트에 참여할 때도 있었지만, 커리어는 이어지지 못했다. 배은조는 시간제 학원 강사로 일하면서 수주

제안을 기다렸다. 갈수록 생활고가 심해져서 학원 일을 늘리려던 차에 내가 두어 번 그런 말을 했다. 그걸로 된 거냐고, 살면서 그리 많은 돈이 필요하지는 않다고, 너는 보편적인 삶에 욕심이 없으니까 괜찮을 거라고, 불안해 말라고.

지금에서야 내가 오만했다는 걸 안다. 진짜로 돕지 못할 거면서 허울 좋게 내뱉는 위로가 비겁하다는 걸 안다. 나는 배은조가 양껏 점토를 만지며 살아가기 위해서 얼마큼의 돈이 필요한지 몰랐다. 대학생 때에도 내내 집에서 경제적인 지원을 받은 데다가 막 입사해서 어른처럼 으스대기나 했지 돈에 대해서는 모를 때였다. 개개인의 삶이 다르며 내게는 당연한 환경이 누군가에게는 주어지지 않았다는 걸 알지 못했다.

그 애 스스로 말하지 않았지만, 원했을 가치들도 마찬가지였다. 고정 지출로부터의 자유, 좋은 날엔 아끼는 사람들을 대접하는 기쁨, 지루하되 안전한 구역으로의 진입. 배은조는 예술가니까. 예술가란 그런 것들에 사로잡혀서는 안 되니까. 남들 사이에 억척스럽게 비집고 들어가는 건 나처럼 시시한 범부의 몫이니까. 어쩌면 그때 나는 배은조가 나를 대신해주기를 바랐던 것 같다. 내가 포기한 것들. 공들였던 시간과 들끓었던 마음을 모두 이어받기를. 네가 마땅히 이룰 성과와 거기서 탄생하는 기쁨의 부스러기를 내가 핥아먹기를.

배은조는 학원 아르바이트를 그만두었다. 프리랜서로 살겠다고, 자신에게 그만둘 용기를 줘서 고맙다고 말했다. 그리고 1년도 채 지나지 않아서 배은조가 떠났다. 그만둘 용기. 내가 괜찮아지는 와중에도 그 말에 대해 생각하기를 멈출 수 없었다.

❖

해가 지고 있었다. 한낮의 태양을 가지고 놀며 물과 빛의 연주를 이어가던 호수가 잠잠해졌다. 물 쪽으로 기운 억새들이 휘청였고 떨어진 단풍잎들은 바람에 실려 호를 그리며 어스름 속으로 낮게 떠올랐다. 사람들이 저녁 식사를 하러 떠났는지 산책로는 낮보다 한적했다. 풀숲 너머로 고양이들이 나무를 타고 오르는 소리가 들렸다. 나무 기둥을 긁는 발톱 소리를 찾아 기웃거리다가 관뒀다.

발이 아팠다. 신발이 부은 발을 조여왔다. 주저앉아 운동화 끈을 풀었다가 다시 꽉 묶었다. 매듭을 당기는 순간 발목을 타고 종아리까지 찌르르한 통증이 올라왔다. 계속 걸었다. 걸어야 했다. 7킬로미터를 마저 걷지 못하면 무언가 불행한 일이 또 일어날지도 몰랐다. 그뿐만이 아니야. 제때 도착하지 못한 사람은 벌을 받아야 했다. 다 걸어야 해. 다 걷지 않으면 나갈 수 없어.

 몸을 가졌다는 사실이 징그러울 정도로 추웠다. 고단했다. 겨울에는 박동이 없었다. 활기도 춤도 깔쭉거리는 녹색 잎사귀도 없었다. 얼어붙은 하수구 철망 밑으로는 무엇도 흐르지 않았다. 모든 것이 멈춰 있었고, 이전으로 돌아가거나 새로움을 맞이할 생각이 없어 보였다. 칼날 같은 바람이 한 번 더 불면, 얼어붙은 귀가 마침내 바닥으로 떨어져 깨질 것 같았다. 어지러웠다. 이대로 열이 나면 좋겠어. 몸이 절절 끓으면,

테이블 위를 재빠르게 움직이는 당구공 같은 통증이 골통의 이곳저곳을 때리면 좋겠다고.

    따뜻한 국수 한 그릇을 떠올렸다. 목도 말랐다. 시계를 보지는 않았다. 겨울 주말은 믿을 수 없었다. 해가 빠르게 지니까 금세 하루가 지난 듯한데 그렇게 방심하고 나면 긴긴밤이 찾아왔다. 계절이 괴팍한 나라에서 사는 사람들을 떠올렸다. 빛이 드문 곳에서 살아가는 자들은 더 강인한 정신력을 가졌을까. 슬픔도 고독도 거뜬할까. 극야에서는 소란이 사건이겠지. 고요가 일상이고 평화겠지. 잦은 오로라도 더는 기적이 아니겠지.

    이누이트는 휘파람을 불면 영혼이 가까이 다가온다고 믿는다지. 입술을 모아 안쪽의 공기를 끌어 올렸다. 쉭쉭거리는 소리가 났다. 목소리를 기다렸다. 아무 일도 없었다.

호수 가운데 유원지 섬에서 들뜬 환호가 들렸다. 걸음을 멈췄다. 거대하고 우악스러운 놀이기구와 안전 바를 두른 사람들을 보았다. 자이로드롭이 밑으로 떨어질 때, 그 결정적인 순간에는 아무도 비명을 지르지 않았다. 머리 위로 놓인 제트코스터 철로를 보았다. 철로 끄트머리에 밤색 미니 스카프가 걸려 있었다. 저런 건 누가 치울까. 바로 밑이 호수인데. 철로에 선 직원이 장대로 스카프를 걷어 올리는 모습을 떠올렸다. 역시 위험해 보였다. 자연스럽게 떨어지도록 둬야겠지. 그런데 대체 언제? 그때를 어떻게 알지?

억새밭 근처에는 거위들이 모여 있었다. 겨울바람이 시린지 깃털 틈으로 부리를 깊게 파묻으며 털을 고르는 모습이 인상적이었다. AR모드로 죠를 불렀다. 핸드폰 각도를 틀어 거위 무리 곁으로 죠를 옮겼다. 거위들의 침침하고 깊은 눈, 군데군데 얼룩진 깃털에 비하면 죠의 생김새는 단순했다. 노랗고 통통한 덩어리. 안녕, 내 파트너. 거위들이 깃털을 고르고, 날개를 퍼덕거리고, 앉기 좋은 고른 땅을 찾아 주춤거리는 동안 죠는 입력된 코드에 맞춰 양옆으로 기우뚱거렸다.

 거위들 틈에 섞인 죠의 사진을 찍었다. 결과물을 보니 마침 죠가 눈을 감아버려서 다시 찍을까 했지만 관뒀다. 이게 더 귀여워 보였다. 인화해서 배은조에게 줘야지. 이거 웃기지, 말해야지. 비석 부근에 짧은 거치대를 세우고 클립으로 사진을 고정하는 거야. 사진은 코팅하는 게 낫겠어. 비가 오고 바람이 불어도 말짱하도록. 나는 종종 더는 배은조가 없다는 사실을 잊었는데 수목장에 가는 일만큼은 익숙해졌다. 그 공간과 배은조를 연결 짓기가 어려울 뿐이었다. 수목장은 차라리 우편함 같았다. 내가 거기에 무언가를 두면 배은조가 가져가는 거지.

잠든 거위들은 목을 둥글게 말아 몸통을 감싼 자세였다. 자기 자신을 안아주는 것 같았다. 유연하고, 독립적이고, 무방비해 보였다.

배은조의 목도 저렇게 길었지. 키는 평균 정도였는데 이상할 정도로 목이 길었단 말이야. 얼굴이 작고 목이 길어 멀리서도 한 번에 알아볼 수 있었어. 점토를 칠 때가 아니라면 움직임도 크지 않으므로 배은조는 항상 나긋한 분위기였다. 꼿꼿하게 앉은 모습이 잘 어울렸고 말도 느리게 하는 편이었다. 하지만 가슴팍이 드러난 옷을 입거나 구부정한 자세를 하면 어딘지 모르게 낯설었다. 머리와 몸이 따로 노는 느낌이랄까. 전체적으로 지방 없이 마른 체형인데 근육이 잔뜩 붙은 팔만 두꺼운 것도 묘했다. 배은조가 어색하게 보일 때는 주로 책상에 엎드린 순간이었다.

예체능반에서 우리는 자유를 기대했지만, 돌아온 건 방임이었다. 선생들은 우리가 학교에 없다는 듯 굴었다. 은근슬쩍 수업에 늦는 일이 잦았다. 반장이 나서지 않으면 아예 교실에 오지 않는 사람도 있었다. 지켜보는 어른이 없으므로 학생들은 엇나갔다. 여름방학이 끝난 뒤로는 절반이 등교를 거부했으니까. 우리 기수를 마지막으로 예체능반이 사라진다는 소문이 돌았고 정말로 그렇게 되었다.

배은조는 유일하게 선생을 바라보는 학생이었다. 다른 학생들처럼 수업 중에 엎드려 자거나 악보를 그리거나 크로키를 하지 않았다. 배은조는 실기 성적이 주가 되는 학교를 목표로 하고 있어 성적을 신경 쓸 필요는 없었다. 그런데도 갓난쟁이가 모빌의 움직임을 보듯 그 애는 교탁에 선 사람을 바라보았다. 판서하는 선생의 뒷모습을 지켜보다가 그들이 지문을 읊을 땐 배은조도 교과서를 읽었다. 배은조 나름의 존중이었을 것이다. 이해하지 않아도, 이해할 수 없어도 함께하는 것. 가만히 듣기. 시선으로 쫓기. 사람들은 정답과 해석을 원하는 게 아니니까.

개중 수학 선생은 배은조에게 특별한 기대를 한 모양으로 그 애의 엉망인 성적을 확인하곤 큰 모욕을 느꼈다. 그는 대놓고 선생을 무시하는 학생들에게는 아무런 말도 못하면서 배은조에게는 끔찍하게 굴었다. 영악해 죽겠다고. 너 때문에 내가 죽겠다고. 선생 노릇을 하고 싶지 않다고 말했다.

입이 거친 학생이 끼어들었다.

왜 수업을 들어도 지랄이세요? 선생님 저희 반 안 들어오시잖아요. 존나 싫어하면서.

선생은 이렇다 할 반박을 못했다. 그저 상기된 얼굴로 멍청한 게, 어리석은 게, 별것도 아닌 게 따위의 말만 반복했다. 어, 너 어디까지 말하나 보자. 어, 그래 계속해라. 그러면서도 그 학생이 또 다른 말로 자신에게 면박을 줄까 두려운 듯했다. 수업을 마치는 종이 울리고 선생은 서둘러 자리를 떴다. 나는 입이 건 그 학생이 멋져 보였다. 허세였겠지만 적어도 그 학생에게는 맞설 용기가 있었다. 앞자리에 앉은 배은조의 등을 조심스럽게 콕콕 찔렀다. 수학이 했던 거지 같은 말을 듣지 말라고 했다. 아주 작게 속삭였으면서 혹시나 선생이 돌아올까, 누군가 내 말을 듣고 웃을까 분주하게 주변을 살폈다. 배은조는 등을 돌린 자세 그대로 신경 쓰지 않는다고 답했다. 다음 수학 시간부터 배은조도 다른 학생들처럼 엎드리기 시작했다. 거위처럼 긴 목을 팔꿈치 안에 어색하게 가두려 했다. 바짝 긴장한 듯 등은 굳었다. 가끔 발끝을 까딱거렸다. 선생의 목소리가 멈추면 그 애의 발도 멈췄다. 괴로워 보였다.

이따금 정말 수학이 죽었을까 생각했다. 학생 때문에 죽었을까? 죽는다는 게 뭔지나 알까? 죽어본 적도 없으면서.

그런데 그건 나도 마찬가지였다.

❖

얼마 전부터 자살을 공부하고 있다.

최초의 자기 살해자, 내세로 가기 위한 드루이드식 자살, 합리성이 극에 달한 그리스식 자살, 오락적인 성격의 로마식 자살,

순교를 향한 기독교식 자살, 복수를 위한 주술적 자살, 치욕을 면하고자 하는 고귀한 자살, 자기 쾌락을 위한 도착적인 자살, 몸이 아플 때 보호자의 수고를 덜어주기 위한 이타적 자살, 그 수많은 자살.

위험한 사람들의 조건: 짐이 되는 느낌, 좌절된 효능감, 소속감의 결여, 잦은 사고로 인해 통증의 역치가 낮아짐, 자신을 해할 능력을 갖춤.

사람들은 기뻐서 죽고 슬퍼서 죽고 화나서 죽으며 지루해서 죽었다. 이유가 무엇이든 하나의 사명으로 귀결되었다.

놓아주기.

용기를 실현할 힘은 찬사받았다. 이 경우만 제외하고.

배에 붙잡힌 노예들의 이야기를 읽었다. 그 배는 바닥짐이 수북하게 쌓여 목을 매달

만한 높이가 되지 않았다. 그들은 웅크리거나 무릎을 꿇고 앉아 어떻게든 전부 목을 매달아 죽었다. 그 열의. 그 광기. 그렇게까지 가고자 하는 고집스러운 마음을 누가 중단할 수 있을까? 죽음을 막을 자격이나 힘은 누구에게도 없다. 본인이 중지를 원하지 않으므로 개입할 수 없다.

그렇다면 남겨진 사람들도 마찬가지다. 벼락같은 상심이 내리꽂힌 곳, 맨몸으로 슬픔에 구타당하는 사람들도 막을 수 없다. 그들에게는 전부 죄가 된다. 먹는 것도, 자는 것도, 살아 숨 쉬는 것 전부. 지난 행동과 내뱉은 말들이 그들만의 합리를 만든다. 자신에게 벌을 내릴 근거를.

사람은 혼자 태어나지 않는다. 혼자 살아갈 수도 없다. 그러나 죽음은 자신이 결정할 수 있다. 어떤 날은 그 명제에서 기품을 발견했고, 어떤 날은 기만을 발견했다. 나와 깊고 빠듯하게 연결된 사람이 어느 저녁 그 자신의 의지로 밧줄을 내릴 수 있다는 것. 대상을 붙잡는 힘이 끊길 때 반동은 건너편의 사람이 온전히 감당해야 한다는 더없이 차가운 현실. 그런 죽음은 너무나 빤하고 흔해서 이 세계는 신경 쓰지 않았다. 그렇게 매서운 약속하에 사람들은 마저 살아갔다. 겁에 질려 웅크리다가도, 그들은 여전히 해가 뜨면 눈을 떴다. 밤이 오면 눈을 감았다.

모든 울음은 개별적이었다. 누군가의 것과 맞닿으면 그대로 튕겨 나갔다. 상실의 세계는 일방으로 뻗은 길이었다. 한 번에 한 사람만 걸을 수 있는 곳.

나는 단순한 답을 내렸다. 내가 늦었어. 그래서 배은조가 죽었어.

❖

그날을 추분이라고 했다.

24절기의 하나. 낮과 밤의 길이가 같아지는 묘한 날. 계절의 분기점. 여름을 닫고 겨울을 여는 날. 사람이 동일한 양의 빛과 어둠을 맛보는 1년 중 단 하루.

낮, 3시 5분, 배은조에게서 전화가 왔다. 업무 전화를 받는 척 노트와 펜을 들고 회의실로 들어갔다. 목소리를 낮춰 대답했다.

은조. 무슨 일?

그냥. 보고 싶어서.

저번 주에 봤잖아. 근데 나도 보고 싶다.

통화 내내 배은조는 잠꼬대하듯 맥락 없는 말을 늘어놓았다. 학원 강사를 그만둔 뒤 기운이 없던 때였다. 약을 늘렸다고 들었다. 일 얘기는 해봤자 속상하기만 할 테니까 시시껄렁한 농담으로 기분을 풀어주려고 했다.

은조. 점심 뭐 먹었어?

새우, 만두, 아니 타코야끼.

그게 무슨 말이야. 뭘 먹었다는 거야?

아마도 타코야끼.

배은조는 아이가 옹알이하듯 자꾸만 졸리다고 말했다.

약이 많이 세?

응. 진아. 나는 네가 좋아.

나도.

나는 좀 자려고.

응. 잘 자. 은조야. 잘 자. 푹 자.

상태가 나빠 보였다. 배은조를 찾아가야 할 것 같았다. 곁을 지키고 싶었다. 그런데 그게 당장은 아니었다. 당장일 필요는 없다고 생각했다. 아직 퇴근할 시간이 아니었으니까. 장기 프로젝트의 막바지라 몸도 정신도

피곤했다. 이번 주말이면 괜찮겠지. 입 짧은 배은조가 좋아하는 시금치 파스타를 먹여줘야지. 내가 계산할 때 분한 듯 미안한 듯 눈썹 끝을 밑으로 늘어뜨릴 배은조의 어깨를 툭, 쳐야지. 나중에 너 잘되면 왕창 뜯어먹을 테니까 미리 생색 좀 내게 해달라고 능청을 떨어야지.

 두 시간 뒤에 모르는 번호로 전화가 왔다. 얼음을 삼킨 듯 명치가 싸했다. 실내를 메운 공기가 한데 뭉치며 호흡을 가로막았다. 느닷없이 폐를 강하게 조여 오는 압박감. 숨이 막혔다. 사무실 분위기를 살피곤 화장실에 가 전화를 받았다. 배은조의 아빠라고 했다. 은조가 어디론가 갔다는데 나는, 거기가 어디인지 도무지 모르겠어서, 저쪽에서 전화를 끊을 때까지 가만히 있었다.

배터리가 얼마 남지 않아 포켓몬GO를 껐다. 아직 호수를 두 바퀴 돌지 못했다. 너무 추워서 관자놀이가 지끈거렸다. 고라파덕처럼 잠시 두 손으로 머리를 쥐고 제자리에서 종종거렸다.

저기요.

누군가 말을 걸어왔다. 50대로 보이는 사내. 목에 카메라를 걸고 있었다. 왼손에도 카메라가 하나 있었는데, 그건 구조가 더 복잡하고 무거워 보였다. 오른손에는 긴 삼각대를 들었다. 그는 오늘 나와 세 번째 마주쳤다고 말했다. 버드나무가 늘어진 산책로에서 한 번, 피아노 앞에서 두 번, 그리고 지금 세 번.

한 번 더 마주치면 인연이라고

생각했습니다.

평소라면 경계심을 품고 자리를 벗어났을 테지만, 몸도 무겁고 아무래도 좋다는 기분이 들어서 가만 그의 이야기를 받아들였다. 그동안 우리 위로 제트코스터가 두 번 지나갔다. 잠깐씩 나타난 그늘에서도 그의 두 눈은 생기 넘쳤다. 그 생기가 묘하게 거북했다.

제가 유튜브를 합니다.

그는 왼손의 카메라를 내 앞에 대고 살짝 흔들었다. 가까운 벤치에 카메라와 긴 삼각대를 내려두곤, 백팩에서 접이식 삼각대를 하나 더 꺼냈다. 그건 길이가 더 짧았다. 30센티미터나 될까. 그는 바닥에 짧은 삼각대를 세우고, 잠시 벤치에 두었던 카메라를 거기로 옮겼다. 열 걸음 정도 떨어진 곳에 긴 삼각대를 설치하고, 목에 걸어두었던 카메라를 얹었다. 두 개의 삼각대, 두 개의 카메라. 뷰파인더와 셔터를 여러 번 확인하면서 그는 계속 말을 이어갔다. 내가 자리를 뜨지 않으리라는 걸 안다는 듯 굴었다.

채널 이름이 '바닥가풍경'입니다.

바닥이요?

예. 바다 아니고 바닥. 이렇게 바닥에 카메라를 두고 물가에 비친 풍경을 찍거든요. 지금처럼 해가 지는 순간에 시작해서 사방이 어두워지면 멈춥니다. 업로딩할 땐 배속을 걸기 때문에 동영상 길이는 짧아요. 5분 정도.

그렇게 해서는 수익이 안 나잖아요?

상관없습니다. 은퇴하고 이 일이 내 낙이거든요. 여름엔 종일 해가 지기를 기다리느라 안달이 납니다.

음.

어떻습니까. 아가씨와 나는 인연인데

모델 한 번 해주시겠습니까? 좋은 사진을 찍어드리겠습니다.

　유튜브 앱에서 '바닥가풍경'을 검색했다. 채널 구독자는 50명도 채 되지 않는데 동영상은 100개가 넘었다. 조회수는 절망적일 정도로 적었다. 그중 하나를 재생했다. 노을 진 하늘이 바다 웅덩이에 반사되어 데칼코마니처럼 보였다. 웅장하고 근사했지만 재밌지는 않았다. 짧은 주기로 동영상을 올리는 듯했고, 다 엇비슷한 섬네일이었다. 성실하고 지루한 패턴의 반복. 여기서 어떤 즐거움을 얻을까. 동영상에 찍힌 사람들은 그림자처럼 어두웠다. 개중 몇몇은 나처럼 제안을 받았는지 잠깐 멈추어 포즈를 취해주었다. 양팔로 하트를 만드는 연인, 자전거를 세운 행인, 어른에게 목말을 탄 어린이.

그런데 웅덩이가 없잖아요?

그는 기다렸다는 듯 웃으며 가방에서 500밀리미터 생수 두 개를 꺼냈다. 짧은 삼각대 근처에 모조리 쏟아부어 웅덩이를 만들었다.

엉거주춤 프레임 안으로 들어갔다. 이제 뭘 어떻게 하냐는 눈빛으로 쳐다보자, 그가 말했다.

그냥 뛰어볼래요? 점프!

핸드폰을 외투 주머니에 넣고 제자리에서 뛰었다.

더 높이!

여러 번 뛰어보려니 쉽지 않았다. 도움닫기가 필요했다. 몇 걸음 물러섰다가 프레임 안쪽으로 달려가며 뛰었다. 아까보다 훨씬 높게 솟았다. 그가 나이스, 외쳤다. 그는 긴 삼각대에 올려둔 카메라 셔터를 연신 눌렀다. 짧은 삼각대에 올라간 작은 카메라에서도 조리개가 빠르게 여닫히는 소리가 났다.

　멈추지 마세요. 계속!

　곧 숨이 차올랐다. 두피에 땀이 맺혔다. 진이 빠져서 그만하겠다고 말했다. 그가 웃으며 답했다.

　모델이 쉬운 줄 아십니까.

　자긍심을 가진 사람들이 으레 그렇듯이 그는 뻗대는 표정으로 호쾌하게 웃더니 자기 쪽으로 다가오라고 손짓했다. 동영상은 작은 카메라로 찍으니 편집 후 올릴 예정이라고 했다. 대신에 큰 카메라로 찍은 내 사진들을 보여주었다. 과연 뛰는 자세가 점점 좋아졌다. 처음엔 양팔로 몸을 감싸고 어색하게 뛰었는데, 긴장이 풀리면서 포즈가 자연스러워졌다. 그의 요구에 따라 만세하듯 두 팔을 올리고 점프한 사진이 에이컷이었다.

수평을 기점으로 갈라진 하늘과 땅. 웅덩이에 비친 뒤집힌 하늘. 무거운 겨울 구름이 꾸역꾸역 밀쳐내도 끈질기게 주황으로 타오르는 저녁놀. 두 개의 하늘을 뱀처럼 가로지르는 제트코스터 철로. 사진 가운데, 물속의 구름을 딛고 솟아오른 검은 형체가 나였다. 뛰어오른 나와 내 그림자. 물속의 나는 표정이 보이지 않았다. 하나의 포즈로만 존재하고 있었다. 다시 AR모드를 켜서 내가 서 있던 자리에 죠를 옮겨두었다. 웅덩이에는 죠의 그림자가 없었지만, 그래도 사진을 찍었다. 데이터가 아니었다면. 빛을 반사해 렌즈를 자극하는 실체였다면. 오늘 배은조와 나는 근사한 사진을 얻었을 텐데. 내가 늦지만 않았다면.

정말. 정말 그럴까. 내가 늦어서 배은조가

죽었나. 아니다. 배은조가 떠나기를 원했다. 영원한 잠을 청했다. 막을 수 있었는데 막지 못한 것이 아니다. 배은조가 죽음을 바라는 한 나는 언제라도 늦을 수밖에 없었다. 내가 때를 놓쳤으므로 배은조를 잃었다는 결론에는 인과도 논리도 없었다. 그러한 오류의 기저에는 내가 우수한 친구였음에도 단 한 번의 지각이라는 실수만으로 배은조를 놓친 안타까운 사람이라는 인식과 연민이 있었다. 너의 죽음으로부터 나는 무고하다는 믿음. 정말 무고하다면 나는 나를 계속 몰아세우지 않아도 되었다. 무모하고 멍청한 산책을 계속할 필요가 없었다. 하지만 나는 배은조가 송지희 같은 사람들을 만나지 않았으면 했고, 현실적인 가치를 예술보다 위에 두지 않았으면 했다. 그러한 욕망을 적극적으로 표현했다. 내 마음이 불편했으니까. 배은조가 쥔 패는 영 좋질 않으니 내려놓도록 해야 했다. 수정이 필요했다. 조금만 고치면 배은조는 더 매끈하게 살 수 있었다. 더군다나 나는 처음 실수한 때를 빼곤 배은조의 구덩이를 쓰지 않았다. 쓸 수 있었는데 쓰지 않았다. 그것만으로 내가 다친 마음을 염려하고 포용할 줄 아는 특별한 사람이라고 믿었다. 예술가가 귀한 능력을 몇 푼에 팔아넘김으로써 영혼이 상하는 일이 없도록 그의 본분을 일깨워주는 눈 밝은 조력자라고 여겼다. 언제부턴가 나의 애정은 통제적인 성격을 띠고 있었다. 남들의 조언은 듣지 않던 배은조가 내 말을 믿고 따를 때는 그 애가 한없이 연약해진 순간이었다. 너를 다 안다는 듯이 참견하고 말을 얹던 내 태도가 누군가의 괴로운 이야기를 꼼짝 없이 들어야 하는 일만큼이나 배은조를 지치게 하지 않았을까.

나는 뒤돌아선 배은조의 얼굴을 보지 못했다. 어쩌면 아주 오래전부터 그 표정에는 변함이 없었을지도 모른다. 나를 만난 뒤에도.

그런데도 너는 왜 내가 좋다고 말했어? 왜 마지막까지 보고 싶어 했어? 왜 계속 내게 머무는 거야?

사내는 촬영 장비를 정리하고 벤치에 앉았다. 은색 보온병을 꺼내 뚜껑에 내용물을 따라 내게 건넸다. 얼결에 그걸 받으면서 나도 옆에 앉았다.

보이차입니다. 콜레스테롤 수치를 낮춰주죠. 출사 나갈 때마다 아내가 챙겨줍니다.

뚜껑에 담긴 차를 호로록 마셨다. 떫고 씁쓸했다. 마시다 보니 입안에 고소한 향이 퍼졌다. 굳은 몸이 스르르 녹았다. 남은 차에서 김이 모락모락 올라와 얼굴을 덥혔다.

    열파사를 아십니까.

    처음 듣는데요.

    사우나에서 일하는 사람입니다. 열파를 옮기는 일을 해서 열파사라고 합니다. 아내와 오키나와에 갔을 때 처음 봤죠. 열파사가 오면요. 우선 뜨거운 돌에 물을 뿌려요. 그냥 물은 아니었던 것 같습니다. 아로마 향이 났거든요. 그러고 나면 순식간에 수증기가 피어오릅니다. 이때 열파사가 수건을 부채처럼 휘둘러 사람들에게 열파를 전달해요. 그토록 많은 양의 수증기를 단번에 맞으면요. 숨이 턱 막힙니다. 사우나에 가만히 앉아 있을 때랑 달라요. 땀이 엄청나게 흐르고요. 뜨거운 구름에 갇힌 느낌이 들죠. 열파 안에서는 말 그대로 모든 구멍이 열리더군요. 몸이라는 게 이토록

바쁘구나. 안쪽에 고인 것을 밀어내는 속도가 엄청나구나. 이 느낌을 좋다고 해야 할까. 싫다고 해야 할까. 일어나 나가자니 눈치는 보이고. 열파에 익숙해지면서 가만히 내 감정을 헤아려보았습니다. 좋거나 싫은 게 아니었습니다. 낯선 거였죠. 지금 나이에 몸으로 처음 겪는 감각도 있다니. 대단하지 않습니까. 마침, 아내도 여탕에서 열파를 맞았다더군요. 그 잠깐도 견디기 힘들어서 바로 뛰쳐나왔다고 하더라고요.. 그때 참 뭐랄까. 오랜만에 우쭐함을 느꼈습니다. 열파가 버거운 건 저도 마찬가지였거든요. 누군가 먼저 일어서는 사람이 있었다면 따라 나갔을 겁니다. 민망해서 못 했을 뿐이었죠. 그런데 우쭐해지다니. 나만이 열파를 겪었고 이겨냈다는 도취감. 홀로 솟아오른 느낌. 내 감각을 제외한 모든 게 그저 하잘것없어 보이던 순간. 그때는 그 도취감이 무척 크게 다가왔어요. 여행 중에도 계속 숙소로 돌아가 열파를 맞고 싶다는 생각만 했거든요.

그 기분이요. 계속 이어졌나요?

아니요. 전혀요. 정말 짧았죠. 여행 중에 끝났거든요. 3일 차 밤이었나. 온천에 간 아내가 방으로 돌아오지 않는 겁니다. 무슨 일이라도 났나 싶어서 로비에 내려갔다가 얼굴이 반질반질한 아내와 마주쳤죠. 열파를 두 타임이나 맞았다는 겁니다. 한 번 더 들어가려고 하니 위험하다고 열파사가 돌려보냈다고 해요. 아내 말이, 열파를 맞으면 맞을수록 어딘가 개운해져서 일어나기 싫었다고 합니다. 먼저 떠나는 사람들이 한심해 보일 지경이었다더군요. 아내의 이야기를 듣고 나니 제 안의 도취감도 바로 사그라들었습니다.

그가 내게 보이차 한 잔을 더 주었다. 이번에도 사양하지 않고 받았다.

밤에 눈 소식이 있더군요. 오늘은 덜 춥더라니.

종일 심하게 춥다고만 생각했는데, 그의 말을 듣고 보니 그런 것도 같았다. 못 견딜 정도는 아니었다. 보이차 덕분인지도 몰랐다. 두 번째 잔을 마시는 동안에 우리는 아무 말도 나누지 않았다. 나란히 어둠이 내려앉는 호숫가를 가만 바라보기만 했다. 마지막으로 남은 차 한 모금을 마셨을 때, 아주 잠깐, 깨끗한 바람 한 줄기가 내 안의 안개 속을 가로지른 듯한 기분이 들었다. 다시 안개가 차오르는 동안 못내 아쉬운 마음으로 사라져가는 그 궤적을 지켜보았다.

사진을 보내준다는 그에게 연락처를 알려주고 다시 산책로를 걸었다. 포켓몬GO를 켰다. 죠가 나를 따라왔다. 배터리는 3퍼센트 남았다. 몬스터볼을 던지거나 다른 기능을 사용하면 금세 방전될 것 같았다.

몸 안쪽으로 귀를 기울였다.

조리개가 여닫히듯 수축과 이완을 반복하는 심장을 느꼈다. 구불구불한 혈관의 지도자는 쉬는 법이 없었다. 피는 여행자였다. 혈관을 타고 유려하게 움직이며 닿는 곳마다 숨을 흘렸다. 여행자가 떠나 있는 동안에 지도자는 폐에서 산소를 길어왔다. 지쳐 돌아온 여행자가 다시 떠날 수 있도록 숨을 불어넣었다.

나는 남네. 기차는 가네. 내 몸속에 들어온 너를 추억하거니. 기차가 가고 그 자리에 남은 것들은 버려진 게 아니었다. 남는 자와 떠나는 자는 헤어진 게 아니었다. 연결의 형태가 바뀌었을 뿐이었다. 떠나는 자는 어떻게든 돌아왔다. 몹시 지쳐서 돌아왔다. 그 초라한 얼굴을 서로만이 알아보았다. 네가 누구고 내가 누구인지. 피는 심장을 믿으므로 아낌없이 숨을 썼다. 심장은 피의 귀환을 믿으므로 펌프질을 멈추지 않았다. 그러한 믿음 때문에 내가 살아 있었다. 배은조를 품을 수 있었고 부를 수 있었으며 내 안에서 새로운 방식으로 살아내도록 했다.

내가 부를 땐 꿈쩍도 하지 않으면서 멋대로 떠들던 목소리를 떠올렸다. 이것 봐, 저것 봐, 이건 뭐고 저건 뭘까, 봐, 가서 확인해봐, 그러려면.

고개를 들었다. 마른 나뭇가지와 시든 잎이 쌓여 버석거리는 길 위에서 움직이는 것들을 차근차근 눈에 담았다. 물새들은 턱을 빳빳하게 들고 사방을 살폈다. 갈대는 달이 떠오르는 쪽으로 몸을 눕혔다. 서로 부딪친 사람들은 멋쩍은 웃음을 나누고 멀어졌다. 어린이들이 씹던 껌으로 풍선을 불었다. 풍선이 터질 때 나도 침을 삼켰다. 울대가 꿀렁거리며 솟았다가 내려갔다. 명치께가 찌르듯 아팠다. 강렬한 허기가 졌다. 보고 있어. 똑바로 보고 있다고.

마스크를 찼다. 입김을 불어 얼굴을 녹였다. 장갑에 손을 밀어 넣었다. 아까 만난 어린이처럼 허공에서 슬쩍 피아노를 쳐보았다. 생각보다 창피하지 않았다. 멀리 야외 무대에서 못난이 보컬의 째진 목소리가 들려왔다. 어디에도 들리지 않을 아주 작은 목소리로 응원합니다, 읊조렸다. 두 바퀴를 다 돌았을 무렵 출구가 나타났다. 계단을 오르면서 핸드폰 화면을 보았다. 배터리는 1퍼센트.

죠는 아직 거기 있었다.

작가의 말

매일 호수를 걸었던 적 있다.

걸을 때는 쓰지 않으려고 했다.
결국 쓰게 될 테니까.
쓰고 나면 상심도 괴로움도 떠날 테니까.

그것들을 조금 더 붙잡아두고 싶어서
내내 걸었다.
단 한 사람을 떠올리면서.

걷는 몸은 쓰는 몸이 되고 싶어 한다.

그럼에도 어떤 마음은 사라지지 않았으면 한다.

슬픔과도 헤어지고 싶지 않을 때가 있다.

이 소설을 쓰면서 내가 나아지는 게 못내 아쉬웠다.

후회하지 않는다.

2025년 10월

신민

신민 작가 인터뷰

Q. 2024년 단편소설 〈첫 포옹〉으로 작품 활동을 시작해 등단 1년 만에 첫 단행본을 출간하셨습니다. 짧은 시간 동안 꽤 많은 단편소설을 발표하셨지만, 물성으로 이루어진 책을 만나 보는 순간은 또 느낌이 다를 것 같아요.

A. 아직 얼떨떨해요. 내내 붕 뜬 기분이 이어지고 있어요. 데뷔 후 독서와 거리가 먼 주변 사람들이 제가 발표하는 작품들을 성실히 읽어주고 있는데요. 미안하기도 하고, 고맙기도 하고, 어쩐지 수줍은 마음이 되기도 해요. 기왕지사 출간이 되었으니, 책의 물성이 잘 사용되기를 바랍니다. 이 소설이 다양한 펜과 연필로 그어낸 밑줄과 온갖 낙서를 만났으면 해요. 보초를 서듯 가만히 책장 한 편을 지키거나, 이 손에서 저 손으로 옮겨

다녀도 좋겠어요. 평소에 제가 책을 만나는 방식처럼요.

Q. 《추분》은 애석한 소설이에요. 동글동글 귀여운 외모와 달리 극심한 두통으로 머리를 쥐어 싸매는 고라파덕의 애석함처럼, 푸릇푸릇해서 벌레에게 먹히고 마는 이파리같이 조금씩 갉아 먹혀왔던 우정의 애석함, 떠들 일이 많은 스물을 지나 무심해질 일이 많은 나이로 가는 세월의 애석함이 다 녹아 있습니다. '진'은 이 애석함을 두고 "슬프고 불쌍하기만 한 게 아니야. 어딘가 귀엽고 사랑스러워"(74쪽)라고 했고, 실로 이야기를 읽고 나면 알 것도 같아져요. '은조'의 죽음과 그 삶의 됨을 떠올리면 참 불쌍하면서도, '은조'의 이름을 딴 고라파덕 AR 캐릭터가 고음불가 밴드 옆에서 머리를 쥐고 사진 찍히는 장면을 상상하면 사랑스러워지거든요. 사실 밝게 포장하기에는 굉장히 무겁고 어려운 게 '은조'의 삶이지만,

어둡고 침잠하는 분위기에 더 닿아 있는 《추분》이지만, 그럼에도 열파사의 마음으로 인물들 삶에 고인 것들을 열파해내려고 하신 게 느껴졌어요. 사우나에서 묵은 땀을 빼고 가벼워진 몸으로 다음날을 향해 가듯, 무언가 살면서 한 번 크게 뱉어낼 필요가 있다고 말해주는 것 같았습니다. 우리 삶에 그런 순간이 필요하다고 생각하시나요?

A. 필요하지요. 살아가면서 우리 안에 쌓여가는 불가해하고 탁한 마음들을 빼내야 할 때가 있어요. 더 정확히 말하자면, 이 작업은 고인 마음들을 전부 뱉어버리는 게 아니라, 가볍게 말아 쥘 만한 것으로 바꾸는 일이에요. 저는 오랫동안 그 일을 문학이 해준다고 생각해왔어요. 쓰기와 읽기 둘 다요. 과거를 죄다 이고 지고 살아갈 수는 없어요.

짐이 무거우면 다음 스텝이 어려워지니까요.
하지만 그것들을 다 두고 가고자 하면
지면에 발을 붙일 수 없을 거예요. 허공으로
몸이 붕 떠오를 테니까요. 짐을 추리는 게
중요하다고 믿어요. 살아가는 데 필요한
만큼의 고통을 들고 다니려면요. 정체를 알
수 없어 께름칙하고 무겁기만 했던 감정들이
있잖아요. 언어가 그것들을 문질러 닦아
형태를 선명하게 만들어준다고 생각해요.
무분별하게 늘어진 고통에 이름을 붙이고
호명을 해주면 그것들은 스스로 모여요.
단정해지죠.

Q. "열등감이라는 게 그랬다. 자꾸만 뭘 두고 온 기분이 들게 했다."(30쪽) "모든 울음은 개별적이었다." "상실의 세계는 일방으로 뻗은 길이었다. 한 번에 한 사람만 걸을 수 있는 곳."(93쪽) 같은 유려한 문장. 그리고 "창밖을 보았다. 멀어지는 선로 쪽으로 화구 박스를 던지고 싶었다. 내게 그럴 용기가 없다는 걸 알았다. 좌표를 이탈할 담력, 조종간의 목을 부러뜨릴 기백, 손을 멈추는 필경사의 자세. 모든 게 부재한 채 심한 피로감만 느꼈다. 지루한 영화가 끝나기만을 기다리는 관객처럼"(32쪽) 같은 깔끔하게 나열된 은유가 굉장히 매력적입니다. 표현의 레이어가 소설 곳곳에 차곡차곡 쌓여 문장의 맛을 고급스럽게 만들어줬어요. 그래서 장문으로 된 시를 읽는 느낌도 들고요. 이러한 글쓰기 혹은 문장을 위해 특별히 유의하는 부분이

있으신지, 추구하는 스타일은 무엇인지
궁금합니다.

   A. 추구하는 스타일이 명확하지는
않아요. 선호하는 내러티브는 엇비슷한데,
문체는 때마다 좋아하는 스타일이
달라지더군요. 어떤 날은 수수한 단문을 읽을
때 기쁘고요. 어떤 날은 감각적이고 묵직한
장문을 읽을 때 두근두근합니다. 유의하는
부분이 있다면, 쓰고자 하는 것을 정확하게
쓰려고 노력해요. 이 순간 이 표현이 알맞다는
느낌이 들지 않으면 내내 마음이 뻐근해요.
그 뻐근함을 최소한으로 줄일 수 있을 때까지
애써보는 듯해요. 리듬에 관해서도 고민이
많아요. 은사님께서 자기만의 리듬을 가진
사람이 작가가 되는 것이라고 말씀하신
적 있는데요. 문장을 쓸 때마다 늘 그 말을

떠올려요. 저만의 리듬을 찾고 이어가기 위해서 분투하고 있어요.

Q. 〈주황〉과 〈어리석은〉에서는 중년의 여성 인물을, 이번 《추분》에서는 청춘의 인물을 그리셨어요. 다양한 나이대의 인물이 등장하는 게 놀라운 일은 아니지만, 작가님의 이야기 속 인물들은 너무 섬세해서 놀랍습니다. 장성한 아들이 있는 여성이 느끼는 묘하게 틀어진 모자(母子)의 감정선이랄지, 커리어를 이룬 중년 여성이 바라보는 꿈과 예술에 대한 사념이랄지…… 읽다 보면 나이 속이신 거 아닌가?(웃음) 하는 생각이 들 정도입니다. 혹시 드라마나 영화, 책, 그림 등 직접 겪어보지 못한 인물의 성향(나이, 성격, 생활)을 구성하기 위해 참고하는 콘텐츠가 있으신가요?

A. 이야기를 좋아해요. 쓰기를 위해서라기보단 그냥 그것이 좋아서 서사가

담긴 다양한 콘텐츠를 접하는 편이에요. 영화, 드라마, 다큐멘터리, 만화, 애니메이션을 가리지 않고 보고요. 이런저런 음악을 듣고 가사를 찾아보는 일도 좋아해요. 다만 시청할 때 아이디어를 의식하면 재미가 떨어지더군요. 대체로 기대 없이 쭉쭉 봅니다. 그러다가 무언가 떠오르면 운이 좋은 날이라고 생각하면서요. 다양한 이야기를 접하면 자연스럽게 여러 인물과도 만나게 돼요. 그러한 만남이 쌓여가며 사람에 관한 인식이 확장되고 소설에 녹아들지 않았을까 싶어요.

Q. 또, 〈주황〉은 유리 공예가의 이야기, 〈어리석은〉은 조향사의 이야기, 《추분》은 미술 전공자의 이야기로 모두 순수 예술을 다루고 있는데요. 〈주황〉에서 유리 공예에 관한 실감 나는 묘사로 시선을 사로잡았다면, 《추분》에서는 조각을 다루는 '은조'에 대한 묘사가 인상 깊었습니다. "소조를 할 때 배은조는 관자놀이를 만지지도 않았다. 그 세계에는 통증도 끼어들 자리가 없었다"(77쪽)거나, "조각이 부드러워질수록 조각가는 단단해졌다. 광기에 가까운 열정. 불길 속에 놓인 차가운 몸. 아름다움을 아는 눈. 얼른 그것을 만나고 싶어서 서두르는 손. 조준점을 향해 정화한 궤도로 나아가는 탄환. 바람을 뚫는 열렬한 마음. 서로가 아닌 모든 것을 초라하게 만드는 힘. 그런 사랑 앞에서는 감히 질투도 나지 않았다"(78쪽)는

예술에 관한 순백의 열망이 와닿았습니다. 혹시 나중에 다뤄보고 싶은 다른 예술 분야가 있으신가요? 아니면 전혀 다른 업을 염두에 두고 있나요?

A. 창작의 열망에 호기심이 있어요. 뭘 만드는 사람들의 마음이 항상 궁금해요. 예상하건대 그 마음은 어지럽고 혼란할 거예요. 확신이 없으니까요. 풀숲을 헤치듯 피부를 베여가며 앞으로 가야만 하죠. 이 길이 아니다 싶으면 뒤돌아설 용기도 필요하고요. 일이 잘 되어가는 순간에도 의심을 거둘 수 없고 점점 위축되죠. 그럼에도 계속해서 담대하게 나아가는 것, 초조한 마음에 자꾸만 뒤를 돌아보면서도 발을 멈추지 않는 그 태도가 근사해요.

언젠가 춤에 관한 소설을 써보고 싶어요.

몸의 에너지를 분출하는 과정을 표현하는 작업은 분명 즐거울 거예요. 혼자일 때와 함께 출 때 각각 어떤 감정인지 궁금하기도 해요.

    이야기로 참여할 수 있다면 다른 분야에서도 일해보고 싶어요. 마음은 늘 열려 있어요. 소설로 다시 돌아오긴 할 테지만요.

Q. 《추분》 출간 이후의 계획도 들려주세요.

A. 호흡이 긴 소설을 써보려고 해요. 단편은 이별이 빠르니까요. 그게 아쉬울 때가 많거든요. 한 시절의 쓰는 마음을 길게 유예해보고 싶어요.

한 조각의 문학, 위픽 wefic

구병모　《파쇄》
이희주　《마유미》
윤자영　《할매 떡볶이 레시피》
박소연　《북적대지만 은밀하게》
김기창　《크리스마스이브의 방문객》
이종산　《블루마블》
곽재식　《우주 대전의 끝》
김동식　《백 명 버튼》
배예람　《물 밑에 계시리라》
이소호　《나의 미치광이 이웃》
오한기　《나의 즐거운 육아 일기》
조예은　《만조를 기다리며》
도진기　《애니》
박솔뫼　《극동의 여자 친구들》
정혜윤　《마음 편해지고 싶은 사람들을 위한 워크숍》
황모과　《10초는 영원히》
김희선　《삼척, 불멸》
최정화　《봇로스 리포트》
정해연　《모델》
정이담　《환생꽃》
문지혁　《크리스마스 캐러셀》
김목인　《마르셀 아코디언 클럽》
전건우　《앙심》
최양선　《그림자 나비》
이하진　《확률의 무덤》
은모든　《감미롭고 간절한》
이유리　《잠이 오나요》
심너울　《이런, 우리 엄마가 우주선을 유괴했어요》
최현숙　《창신동 여자》

연여름	《2학기 한정 도서부》
서미애	《나의 여자 친구》
김원영	《우리의 클라이밍》
정지돈	《현대적이라고 말할 수 없는 죽음들》
이서수	《첫사랑이 언니에게 남긴 것》
이경희	《매듭 정리》
송경아	《무지개나래 반려동물 납골당》
현호정	《삼색도》
김 현	《고유한 형태》
이민진	《무칭》
김이환	《더 나은 인간》
안 담	《소녀는 따로 자란다》
조현아	《밥줄광대놀음》
김효인	《새로고침》
전혜진	《고르디우스의 매듭을 자르면》
김청귤	《제습기 다이어트》
최의택	《논터널링》
김유담	《스페이스 M》
전삼혜	《나름에게 가는 길》
최진영	《오로라》
이혁진	《단단하고 녹슬지 않는》
강화길	《영희와 제임스》
이문영	《루카스》
현찬양	《인현왕후의 회빙환을 위하여》
차현지	《다다른 날들》
김성중	《두더지 인간》
김서해	《라비우와 링과》
임선우	《0000》
듀 나	《바리》
한유리	《불멸의 인절미》
한정현	《사랑과 연합 0장》
위수정	《칠면조가 숨어 있어》
천희란	《작가의 말》
정보라	《창문》
이주란	《그때는》
김보영	《헤픈 것이다》
이주혜	《중국 앵무새가 있는 방》

정대건 《부오니시모, 나폴리》
김희재 《화성과 창의의 시도》
단 요 《담장 너머 버베나》
문보영 《어떤 새의 이름을 아는 슬픈 너》
박서련 《몸몸》
금정연 《모두 일요일이야》
박이강 《잡 인터뷰》
김나현 《예감의 우주》
김화진 《개구리가 되고 싶어》
권김현영 《수신인도 발신인도 아닌 씨씨》
배명은 《계화의 여름》
이두온 《돈 안 쓰면 죽는 병》
김지연 《새해 연습》
조우리 《사서 고생》
예소연 《소란한 속삭임》
이장욱 《초인의 세계》
성해나 《우리가 열 번을 나고 죽을 때》
장진영 《김용호》
이연숙 《아빠 소설》
서이제 《바보 같은 춤을 추자》
권희진 《일단 믿는 마음》
정이현 《사는 사람》
함윤이 《소도둑 성장기》
백세희 《바르셀로나의 유서》
이현석 《고백의 시대》
임솔아 《엄마 몰래 피우는 담배》
김유원 《와이카노》
백온유 《연고자들》
김 홍 《곰-사냥-인간》
김유나 《공》
권혜영 《그냥 두세요》
박지영 《찰스 부코스키 타자기》
신 민 《추분》
이미상 《셀봉이의 도》

위픽은 위즈덤하우스의 단편소설 시리즈입니다.
'단 한 편의 이야기'를 깊게 호흡하는
특별한 경험을 선사합니다.

이 작은 조각이 당신의 세계를 넓혀줄
새로운 한 조각이 되기를.
작은 조각 하나하나가 모여
당신의 이야기가 되기를.

당신의 가슴에 깊이 새겨질
한 조각의 문학, 위픽

위픽 뉴스레터 구독하기
인스타그램 @wefic_book

추분

초판 1쇄 인쇄 2025년 9월 23일
초판 1쇄 발행 2025년 10월 22일

지은이 신민
펴낸이 최순영

출판2 본부장 박태근
스토리 팀장 김소연
편집 곽선희 김다인 김해지
디자인 이세호

펴낸곳 ㈜위즈덤하우스 **출판등록** 2000년 5월 23일 제13-1071호
주소 서울특별시 마포구 양화로 19 합정오피스빌딩 17층
전화 02) 2179-5600 **홈페이지** www.wisdomhouse.co.kr

ⓒ 신민, 2025

ISBN 979-11-7171-532-9 04810
    979-11-6812-700-5 (세트)

값 13,000원

- 이 책의 전부 또는 일부 내용을 재사용하려면 반드시 사전에
  저작권자와 ㈜위즈덤하우스의 동의를 받아야 합니다.
- 인쇄·제작 및 유통상의 파본 도서는 구입하신 서점에서 바꿔드립니다.